金阁寺

きんかくじ

〔日〕三岛由纪夫／著

陈德文／译

名著名译丛书

人民文学出版社
PEOPLE'S LITERATURE PUBLISHING HOUSE

图书在版编目(CIP)数据

金阁寺/(日)三岛由纪夫著;陈德文译.—北京:人民文学出版社,2016(2022.7重印)
(名著名译丛书)
ISBN 978-7-02-012032-1

Ⅰ.①金…　Ⅱ.①三…②陈…　Ⅲ.①长篇小说—日本—现代　Ⅳ.①I313.45

中国版本图书馆CIP数据核字(2016)第227602号

责任编辑　陈　旻
装帧设计　刘　静　陶　雷
责任印制　任　祎

出版发行　人民文学出版社
社　　址　北京市朝内大街166号
邮政编码　100705

印　　刷　三河市中晟雅豪印务有限公司
经　　销　全国新华书店等

字　　数　152千字
开　　本　890毫米×1290毫米　1/32
印　　张　5.625　插页3
印　　数　39001—43000
版　　次　2013年5月北京第1版
印　　次　2022年7月第9次印刷

书　　号　978-7-02-012032-1
定　　价　28.00元

如有印装质量问题,请与本社图书销售中心调换。电话:010-65233595

三岛由纪夫

三岛由纪夫（1925—1970）

本名平冈公威，日本小说家、戏剧家，出生于东京。三岛由纪夫是日本战后文学大师之一，在日本文坛享有很高声誉。1949 年，以自己的第一部长篇小说《假面的告白》确立了作家地位。主要作品还包括《潮骚》《金阁寺》，以及“丰饶之海”四部曲——《春雪》《奔马》《晓寺》《天人五衰》。

小说《金阁寺》是三岛独特美学观成熟的标志之作。小说以真实事件为蓝本，讲述了青年沟口醉心于金阁寺之美，又认为“金阁不朽的美丽，却飘荡着死亡的可能性”，最终一把火烧掉了金阁寺。

译　者

陈德文（1940—　），江苏邳县人。字乐水，书斋取名苦居斋。南京大学教授、学者、日本文学翻译家。 1965 年北京大学东语系日本语学科毕业，1985 年至 1986 年任早稻田大学特别研究员。1998 年 4 月起始，应邀担任爱知文教大学专任教授、国际文化学科日中文化文学专业指导教授，2017 年 3 月退休。信守文学翻译三原则：以文学为使命，以精品为指归，以读者为鉴戒。翻译日本文学名家名著多种，涉及日本古今物语、小说、诗歌、俳谐、散文、随笔、戏剧等各领域。

出版说明

人民文学出版社从上世纪五十年代建社之初即致力于外国文学名著出版，延请国内一流学者研究论证选题，翻译更是优选专长译者担纲，先后出版了“外国文学名著丛书”“世界文学名著文库”“二十世纪外国文学丛书”“名著名译插图本”等大型丛书和外国著名作家的文集、选集等，这些作品得到了几代读者的喜爱。

为满足读者的阅读与收藏需求，我们优中选精，推出精装本“名著名译丛书”，收入脍炙人口的外国文学杰作。丰子恺、朱生豪、冰心、杨绛等翻译家优美传神的译文，更为这些不朽之作增添了色彩。多数作品配有精美原版插图。希望这套书能成为中国家庭的必备藏书。

为方便广大读者，出版社还为本丛书精心录制了朗读版。本丛书将分辑陆续出版。

人民文学出版社

2015 年 1 月

前　言

本书作者三岛由纪夫(1925—1970),生于东京四谷区永住町,原名平冈公威,父亲平冈梓是农林省官吏,母亲倭文重。六岁时进入以皇家、贵族子弟为对象的学习院初等科,十二岁升入中等科。他自幼聪颖过人,十三岁以习作《酸模》初试锋芒,十五岁出版诗集,十六岁于文学杂志《文艺文化》发表处女小说《鲜花盛开的森林》,以神奇的构思、飘渺的意境、虚幻的人物和诗化的语言为世人所瞩目。一九四六年,短篇小说《香烟》经川端康成推荐,发表于《人间》杂志,从而登上日本文坛。一九四九年,出版第一部长篇小说《假面的告白》。一九七〇年八月,写完长篇巨著《丰饶之海》第四卷《天人五衰》,十一月二十五日剖腹自杀。

三岛四十五年的短暂生涯,创作了众多的诗歌、长短篇小说、戏曲、随笔和评论,在作品的数量上超过任何一位日本作家。前期偏重于诗歌和短篇小说(作者自称是轻骑兵时代),后期以写作长篇和戏剧为主。

《金阁寺》一九五六年十月由新潮社出版,当时作者三十一岁,同年还创作发表了《漫长的春天》《白蚁之巢》《永远的旅人》《施饿鬼船》《走完的桥》以及《鹿鸣馆》《近代能乐集》《乌龟能追上兔子吗》等大量短篇小说、戏曲和评论。

金阁寺本是京都临济宗鹿苑寺的一部分,因为建筑里外敷以金箔,俗称金阁寺。这座楼阁式建筑初创于一三九七年(日本应永四年,明洪武三十年),是足利家族第三代将军足利义满的别墅,义满殁后遂改为菩提寺。一四六七年起始的长达十年的应仁之乱,鹿苑寺境内的大部分建筑毁于兵燹,只有主建筑舍利塔幸免于难,成为北山文化的唯一建筑遗址。一九五〇年,舍利塔因年轻僧人林养贤自焚而被全部烧毁,一九五五年修复。一九八七年,殿堂里外重新贴敷金箔,焕然一新,金碧辉煌。

作者根据当年青年僧人的一句独白——“我嫉妒金阁的美丽”,展开想象的翅膀,进行艺术再创造,写出了这部颇具影响的杰作。

小说的主题依然贯彻着作者“两极对峙”的创作思想,一方面是金阁的美丽与崇高;一方面是人世的污浊与丑恶。美与丑互相作用,互相对立,由混合走向裂变。作者所要极力表达的是“美达于极致就要遭到毁灭”这样一个残酷的现实。作者所要极力告诉读者的是:金阁这一圆满的美的象征遭到焚毁,这是解放人性必然要付出的代价。三岛仅仅借助“金阁焚毁”这一事实,完全无视案件在社会上所产生的一系列波纹,运用巧妙的虚构手法,延长和演绎故事,使得作品的艺术张力远比“金阁被焚”这一悲剧本身,更加深刻地烙印在人们心目之中。

对于此作的文体结构,作者本人说过:“鸥外加托马斯·曼。”①意思是,不具丰腴之形,独显清瘦之美。令人想象三岛是否要写出《魔山》似的作品?美国学者唐纳德·金②先生认为,这既是一部哲学小说,又是作者对广大读者层投其所好之作,三岛在这两方面都获得了成功。《金阁寺》出版后发行十万部,一九五八年拍成电影,即使那些对三岛不怀好意的评论家也大加赞扬,成为二十世纪日本最重要的小说之一。③

一九六〇年,当时的第二任联合国秘书长、瑞典政治家哈马舍尔德,读罢《金阁寺》大加赞赏,给予三岛极高的评价,次年便推荐给诺贝尔奖评委会。此后,三岛几乎每年都获得该奖提名,但终未如愿以偿。

有的读者抱怨《金阁寺》读不懂。诚然,这绝不是一部易读的作

---

① 《自我改造的试验》,《三岛由纪夫全集》(27卷283页),新潮社,一九七三至一九七六年版(全35卷集、补卷1版本)。

② Donald Keene(1922—2019),生于纽约。一九四二年哥伦比亚大学毕业,任美国海军日本语译员。一九四九年剑桥大学研究生院硕士。一九五一年以近松门左卫门《国姓爷合战》的研究论文获哥伦比亚文学博士学位。他是继小泉八云之后研究日本文学最为卓著的西方学者,名震世界。曾获多种奖励,一九九三年获勋二等旭日重光奖章。二〇一一年东日本大地震后,加入日籍,长居东京,自取译号“鬼怒鸣门(Kinunaruto)”。

③ 参见 Donald Keene《日本文学的历史》(15集276—277页),中央公论社一九九六年九月版。

品。从大量的反馈上看,属于这一范畴的读者,大都固守于传统阅读法,对三岛这样一位“异质”型作家思想准备不足。

所谓传统阅读法,就是依照惯例阅读一般作家,甚至包括文豪在内的常规阅读法。用这种方法阅读具有独特思想与表现手法的作家,只能是南辕北辙。

其次是缺乏对三岛文学所独具的怪异性与反常性的认识。我在《爱的饥渴》的《译后记》中曾说过这样的话:

> 我在这里寄语喜欢三岛的朋友们,当您阅读三岛时,务必时时提醒自己:这是三岛,不是藤村,也不是漱石,更不是任何别的作家。说得直白些,面对三岛就是面对怪异,面对矛盾与极端,面对一具游荡于人生两极的灵与肉。

翻译同样如此,我在翻译三岛时,完全抛却原有手法,以全新的姿态面对三岛。在文学意象的转化与遣词造句过程中,彻底调整心态,改换笔墨,既使译文符合汉语行文规范,又不失缺原作怪异与瑰丽本色,以求圆满保持三岛文学固有的“灵性”和“气场”。

部分外语水平高的读者认为,读译文不如读原作,此话当然不错,问题是原作并非易于到手,再者外语能力达于此种水准的人毕竟是少数,同时还关系到对于母语文化的掌握与修炼的程度。即便两者都达到很高水准,读原作也不一定就能收到预想效果。为什么呢?因为(这里排除蹩脚译文不谈),文学翻译好比蜜蜂酿蜜、面粉发酵,未经译者一番苦心的艺术酿造(两种语言多元素的巧妙融合),绝大多数读者未必能从原作中体味出三岛文学的醍醐味儿。

随着三岛作品的广泛译介,几年来读者的阅读反馈水平越来越高,网上的短评不乏精粹之作,对翻译和出版起到了良好的监督和促进作用。自二〇一〇年来,我在上海和北京两地陆续出版的三岛系列,受到读者朋友的肯定与关注,一直心怀感激,备受鼓舞。尤其是对译文中不足之处的批评,更使我警醒难忘。这里略作说明,算是对热心的朋友们的一个交代。

人文版七部长篇初版问世后,我对已经发现的错讹与不足,逐一作了订正,相信即将出版的精装修订本会进一步契合原著。上海译文版平装《禁色》中的不足之处，也在第二版精装本①上获得补正。三岛以外作家的再版本同样如此。

包括《金阁寺》在内的三岛文学各类作品，已经广为国内读者所熟知。目前，三岛文学征服了一大批读者，出现众多的“粉丝”，形成经久不衰的“三岛热”。关于三岛在日本和世界文学上的地位，唐纳德·金作出了这样的评价：

> 战后的日本作家中，三岛凭借天赋之才取得了最高成就。通读他留下的众多作品，要说三岛是本世纪无可动摇的文豪，或许有人会怀疑他的这一地位，但三岛至少比其他任何日本人更接近文豪圣域，对于这一评价不会有人产生异议。日本的评论家们称夏目漱石、森鸥外为文豪，而对三岛不冠以此名。但漱石和鸥外的任何一部作品，翻译成外国语后，都未能像三岛众多的小说和戏曲那样，唤起外国人的兴趣和敬畏。这一事实只能意味着三岛具备更加广阔的国际流通性和对外国文学潮流的敏感性。然而，这件事不但对于三岛个人，而且对于三岛所处的时代来说，都是事实存在。三岛虽然两度挨近“国际的认证”——国际性文学大奖，但终未获得。尽管如此，三岛愈益驰名于日本国内外，今日已经赢得巩固而崇高的地位。②

唐纳德·金是三岛的密友，又是著名的日本文学研究家，他的话是值得重视的。

译者

记于二〇一六年八月六日

里约奥运会开幕

① 《禁色》黑皮精装本，分别于二〇一四年二月和五月各出过一版，五月版的版本经过译者修订。

② Donald Keene《日本文学的历史》(15 集 306 页)，中央公论社一九九六年九月版。

第 一 章

打小时候起，父亲就常常跟我讲金阁[1]的故事。

我出生在舞鹤东北突向日本海的一个荒寂的地岬。父亲的故乡不在那里，而是舞鹤东郊的志乐。在亲友们恳切期望下，父亲出家当和尚，到边远的地岬做了寺庙的住持，于当地成家立业，生下我这个儿子。

成生岬寺庙附近，没有合适的中学。不久，我就离开父母膝下，寄养在父亲故乡的叔父家里，在东舞鹤中学走读，每天徒步往还。

父亲的家乡是一块阳光明丽的土地。然而，一年中的十一月和十二月，即便万里无云的晌晴日子，一天也要下四五次阵雨。我的变幻无常的心情，也许就是这块土地养成的吧？

五月黄昏，我放学回来，站在叔父家楼上的书房里，眺望对面的小山。绿叶滴翠的山岗承受着夕阳，仿佛是耸立于原野中央的一道金屏风。看到这番景象，我就联想起金阁来。

从照片和教科书里每每看到现实的金阁，在我心中，父亲讲述的金阁的幻影更胜一筹。父亲决不说现实的金阁金碧辉煌之类的话。在他看来，地面上再没有比金阁更美的东西了。而且，从"金阁"这两个字的字面和发音上来说，我心中的金阁才是无可比拟的呢。

每次看到远方的水田有阳光闪耀，我就认为是未曾见过的金阁的投影。福井县和京都府的分界吉坂岭，恰好耸立于正东方。太阳从那山岭上升起来。尽管是和现实的京都相反的方向，但我却从山谷的朝阳里，看到金阁高耸于早晨的天空。

就这样，金阁无处不在，而在现实里又未能一见，这一点和这块土

---

① 金阁寺，京都市北区鹿苑寺的别称。应永四年（1397）秉足利义满之遗命，将衣笠山麓所建别墅辟为佛寺，开山为梦窗国师，属临济宗相国寺派。十三社殿中仅存柱、壁、勾栏饰以金箔的三层金阁。一九五〇年遭火焚，一九五五年修复。

地上的海很相似。舞鹤湾位于志乐村西方近六公里光景，海面被山遮挡了，看不见。但是，这块土地始终飘溢着无时不在的海洋的气息。风有时也带着潮腥味儿。海上一起风浪，成群的海鸥慌忙飞来，散落在附近的水田里。

我身板儿弱，赛跑和单杠都落于人后。又加上生来的口吃，愈发觉得低人一等。同学们知道我是庙里和尚的儿子，顽童们模仿结巴和尚念经嘲笑我。故事书里凡有口吃的打手出场的段子，他们就故意大声地读给我听。

不消说，口吃是我同外界交往的一道障碍。说话时第一个音总是发不好。这第一个音正是我和外界之间门扉上的钥匙，然而这把钥匙就是开不开锁。正常的人可以自由地畅所欲言，向外界敞开自己心中的大门，使得通风良好，而我却办不到。我的这把钥匙彻底锈蚀了。

当结巴为着发准第一个音而焦灼不安的时候，它就像极力挣脱内心里浓稠黏胶的一只小鸟，等脱出身子，已经晚了。当然，在我拼命挣扎的时候，外界的现实有时也会停下脚步等着我，可是等待我的现实已经不再是新鲜的现实了。我费尽力气好容易到达的外界，总是转瞬之间变了颜色，早已脱位了。……看来，只有这个才是适合于我的。惟有失去鲜度的现实、一半散发腐臭气的现实，横卧在我的面前。

不难想象，这样一位少年，一般抱有两种截然相反的权力意志。我喜欢历史上暴君的故事。我若是个寡言少语的结巴暴君，家臣就会看着我的脸色行事，成天哆哆嗦嗦过日子。我没有必要通过明确流畅的语言证明我的暴虐是正当的，我只用沉默使一切暴虐变得正当起来。我一方面幻想着将平素蔑视我的老师、同学通通处死；一方面又陶醉于作为内心世界的主宰、充满沉静谛观的大艺术家的梦想之中。我虽然外观上困窘，可是内心世界比谁都富有。一个抱有挥之不去的自卑感的少年，认为自己是被悄悄挑选出来的，这种想法不是很自然吗？我感到，这个世界的某个地方，似乎有一个连我自己也弄不清楚的使命在等待我。

……想起这样一段插曲：

东舞鹤中学是一座新式的明亮的校舍，有宽敞的操场，周围是绵延的群山。

五月的一天，一个在舞鹤海军机关学校读书的老校友，利用休假回母校来玩。他浑身晒得黝黑，压得很低的制帽下露出秀挺的鼻梁，从头到脚显示着青年英雄的气象。他给学弟们讲述了艰苦而有规律的生活。本来很悲惨，可在他嘴里却变成豪华奢侈的了。他一举手一投足都充满自豪，年纪轻轻，就懂得自我谦让的重要。他的制服的前胸绣着一道蛇形花纹，挺起的胸脯犹如迎着海风前进的船首像的胸膛。

他坐在通向下方运动场大谷石两三级的台阶上，四五个低年级的同学围在身边，着迷似的听他说话。斜坡上的花圃，盛开着五月的鲜花，有郁金香、香豌豆、银莲花、虞美人草。头顶上，厚朴树挂上了硕大的白色花朵。

说话人和听众，个个都像木雕泥塑，纹丝不动。我呢，独自坐在操场的椅子上，离他们两米左右。这就是我的礼仪，我的面对那五月的鲜花、充满自豪感的制服，以及明朗的笑声的礼仪。

再说那位年轻的英雄，较之那些崇拜者更加注意着我。看来只有我没有慑于他的威严，我的态度损害了他的自尊。他向那伙人打听我的姓名，然后对初次见面的我打招呼：

"喂，沟口。"

我沉默无语，眼睛一直盯着他。他冲我笑了笑，笑容里似乎含着权势者的媚态。

"怎么不回我话？你是哑巴？"

"是结、结、结巴。"

其中一个崇拜者代我回答。大家扭着身子笑作一团。嘲笑这玩意儿，是那么光辉耀眼，同年级少年们青春期特有的残酷的调笑，犹如闪光的丛林一样灿然夺目。

"什么？是结巴？你不想上海军机关学校吗？什么结巴，一天就能治好。"

不知为什么，我突然做出明确的回答，语言流畅，想也没想，一下子全出来了。

“不上，我要当和尚。”

大家鸦雀无声。年轻的英雄低着头，从附近拔了一根草茎，含在嘴里。

“哦，这么说，过几年我也说不定要麻烦你哩。”

这年，太平洋战争爆发了。

……这时候，我确实产生了一种自觉。向黑暗的世界摆开架势，五月的花朵、制服、坏心眼儿的同学们，都在我的控制范围之内。我揪住这个世界的底边，紧紧抓在手里。……但是，这种自觉成为一个少年的自豪，那就太沉重了。

自豪应该是更轻松的、明朗的，历历可见的，璀璨夺目的。我喜欢眼睛看得见的，不论谁都看得见。这才是我所需要的自豪的资本。例如，吊在他腰上的那柄短剑，正是属于这一类的东西。

中学生人人向往的短剑，实在是一件美丽的装饰。据说海兵①学生，都偷偷使用这把短剑削铅笔。他们特意将这个庄严的象征用在日常琐事上，倒真够潇洒的。

他无意中把机关学校制服脱下来一扔，挂在了白漆栅栏上，还有裤子和白衬衫。……这些衣物紧挨花丛，散发着浸满汗水的青年的肤香。蜜蜂搞错了，停在洁白闪亮的“衬衫之花”上歇息翅膀。尤其是镶嵌金缎带的制帽，盖在一根木栅栏顶端，就像扣在他的头上，既端正，又牢靠。他受低年级同学的挑动，到后面的土台上表演摔跤。

丢下的衣服给人一种“光荣墓场”的印象。五月里的簇簇鲜花，更强化了这样的感觉。制帽帽檐漆黑的反光，还有那些扔在一边的皮带、短剑，一同脱离了他的肉体，反而更加放射着抒情的美丽。这些皆和回忆一样完美……就是说，看上去宛若这位青年英雄的遗物。

我确定周围没有人，摔跤场那里却传来了欢呼。我悄悄从口袋里

---

① 海兵，“海军兵学校”的简称。培养海军士官的学校。主校位于广岛县江田岛，分校位于舞鹤。

掏出生锈的铅笔刀，轻轻走过去，在那把美丽的短剑黑色剑鞘的背面，刻了两三道挺难看的刀痕。……

看到我上面的叙述，也许有人立即断定我是个富于诗人气质的少年。然而，时至今日，莫说写诗，连日记也没有记过。我能力比人差，又不打算利用其他的才能充填自己，更缺乏一股超越俗众的冲动。换句话说，我想当艺术家，又过于傲慢，做一名暴君或大艺术家吧，但仅仅停留于幻想，丝毫不愿意着手干一点儿实际的事情。

我惟一的自豪，就是不被人理解，所以未曾有过一次让人理解我的冲动的表现。我认为，自己命中注定不为他人所注意。孤独越来越肥硕，简直就像一头猪。

突然，我想起我们村发生的一起悲剧案件。这件事本来同我毫无关涉，尽管如此，我还是觉得自己实际上参与了，而且一直不会忘记。

我通过这个案件，一下子可以面对所有的事物了。对于人生、肉体、背叛、憎与爱，所有这一切事物中潜隐着的崇高因素，我一概乐于凭着我的记忆加以否定和贱视。

和叔父相隔两户人家的一户人家，有个美丽的姑娘，名叫有为子，长着一双水灵灵的大眼睛。也许因为家境优裕，态度显得飞扬跋扈。她虽然得到家人的宠爱，但颇为孤寂，有时不知她在想些什么。那些爱争风吃醋的女人，都说有为子是处女，单从长相上看，有为子生就是个石女相。

有为子刚从女校毕业，就志愿当了一名舞鹤海军医院的护士，她家离医院不太远，可以骑自行车上班。可是，她每天拂晓天蒙蒙亮就离开家，比我们上学的时间早两个多小时。

一天晚上，我思恋有为子的身子，沉溺于悒郁的幻想之中，不能成眠。我摸黑离开床铺，穿上运动鞋，出了大门，进入夏夜黎明前的黑暗之中。

我迷上有为子的肉体，并非打这个晚上才开始。一有机会就想念她，接着就渐渐固定下来，仿佛结成一个相思疙瘩。有为子的身子沉浸于洁白而富有弹性的暗影之中，变成了散发着香气的肉块。我想象着自己的手指触摸她温热的肌肤和感受的弹力，以及花粉般的芳香。

我沿着拂晓前黑暗的道路一直奔跑下去，石子也不再绊我的脚，黑暗在前头自动为我开道。

于是，道路变得开阔了，到达志乐村安冈屯边，那里有一棵大榉树，树干溢满早晨的露水。我躲在树根旁边，等着有为子骑自行车打村头过来。

我等着，什么也不想干，只因跑得上气不接下气，想在树荫里歇息一下。我不知自己究竟要干些什么。本来，我的生活和外界几乎无缘，所以幻想着一旦闯入外界，就想象着一切都会变得轻而易举、迎刃而解了。

豹脚蚊叮着我的腿，远近响起了鸡鸣。我向路上瞭望，远方出现了一团灰白，以为是拂晓的天色，却原来是有为子。

有为子看来是骑自行车，亮着前灯。自行车悄无声息地滑过来了。我从树荫里跑到了自行车前头，她赶快来了个急刹车。

此时，我感到自己化作了一块顽石，意志和欲望，一切都变成了石头。同我的内心毫无关系，外界确乎再次存在于我的周围。我离开叔父的家，穿着白色的运动鞋，沿着黎明时分昏暗的道路跑到这棵榉树荫下，只不过是按照自己的臆想来到这里罢了。村里的房屋在拂晓的黑暗里微微浮现出轮廓来。这隐约的屋顶、蓊郁的树木以及布满绿叶的黝黑的山峦，甚至连眼前的有为子，都出人意表地完全失去了意义。没等我参与，现实就横在眼前，而且带着从未见过的重负。这毫无意义的浩大的黑暗的现实，不由分说，迎头向我压迫过来。

我一如寻常，心想这时只有言语才能使我得救。这是我的一个特有的误解。在需要行动的时候，我总是为语言苦恼。话虽如此，但言语很难从我的嘴里说出来。一旦为语言所困，就会忘记行动。对于我来说，行动这个光怪陆离的东西，总是伴随着光怪陆离的言语的。

我什么也不看，但转念又想，有为子一开始有些打憷，一看到是我，就一直盯着我的嘴巴。抑或她于黎明前的微暗之中，发现我这个不洁的黑暗的小洞，正毫无意义地蠢动，就像野外小动物污秽而龌龊的巢穴。就是说，她只看见了我的嘴。而且，当她确定从这里不会涌出任何同外界相连接的力量时，她放心了。

“干什么？简直不像样子。你这个结巴！”

有为子说着。她的声音犹如晨风一般端正与清爽。她按了按车铃，又用力一蹬脚踏子，像躲避石头一样绕开我。有为子向着远方的天地奔驰而去，四周没有一个人影。我心里明白，有为子一次次揿动车铃，是在故意嘲弄我。

——当天晚上，有为子告了我的状，她母亲到我叔父家来了一趟。我挨了平素极为温和的叔父一顿臭骂。我诅咒有为子快死。几个月后，我的诅咒实现了。打那之后，我确信诅咒是很灵验的。

不论睡着了还是醒着，我都巴不得有为子快点儿死掉，希望我的丑事的见证人早些消失。只要没有证人，耻辱就会从地面上根绝。他人都是证人。但只要他人都不存在，耻辱就不会产生。我于拂晓的黑暗中，望着有为子的面影，她那水一般清亮的眼睛正死死盯着我的嘴巴。我发现她的眼睛的背后有一个他人的世界——这个世界决不把我们当作一个人看待，而且主动成为我们的同案犯和证人——他人必须一概灭亡。为了我能真正面向太阳，世界必须灭亡。……

有为子那次告状两个月之后，辞掉海军医院的工作，回到家中不再露面。村里人议论纷纷。到了秋天，发生了那件案子。

……我们做梦也没有料到，一个开小差的海军士兵逃到村子里来。中午时分只看见宪兵到村公所来了。但是，因为宪兵常来常往，也没有特别在意。

事情发生在十月末的一个晴天。我像平时一样去上学，晚上做完作业，该是睡觉的时候。我刚想熄灯，向村中的道路上一看，许多人像一群狗一样气咻咻地奔跑着。我下了楼，一个同学站在门口，圆睁双眼，冲着惊醒的叔父、婶母和我大声喊道：

“刚才，在那边，有为子给宪兵抓走了。我们一起去看看吧！”

我趿拉着木屐跑去。月夜清明，收割后的稻田里随处能看到稻架①鲜明的影子。

---

① 晾晒稻谷的木架。

小树林的树荫里聚集着黑压压的一群人,不停地蠕动着。有为子穿着黑色西服,坐在地面上,脸色惨白。身边站着四五个宪兵和她的父母。一个宪兵拿出饭盒般的东西,对她吼叫着。她父亲频频转动着脑袋,一边向宪兵道歉,一边责骂女儿。母亲蹲伏在一旁痛哭流涕。

我们站在田畦上,隔着一块稻田眺望。看热闹的人越来越多,彼此肩膀挨着肩膀,默默无语。月亮也仿佛被压挤得缩小了,挂在我们头顶上。

同学对着我的耳朵叙说着。

有为子是在带着饭盒走出家门、打算到邻村去的当儿,被埋伏的宪兵抓到的。那饭盒显然是送给逃兵的。逃兵和有为子在海军医院亲近,后来,怀孕的有为子被医院赶出来了。宪兵问她那个逃兵躲在哪里,有为子坐着一动不动,顽固地一声不吭。……

我呢,眼睛一眨不眨凝视着有为子的脸,她像一个被抓到的女疯子,月光之下,面孔毫无表情。

我以前从未见过死不认罪的面孔,我想到了自己遭到世界拒绝的面孔。然而,有为子的面孔却是拒绝世界的。月光一个劲儿流泻在她的额头、眼睛、鼻梁和面颊上,那副纹丝不动的容颜只是被月光洗涤着。她只要眼睛倏忽一亮,稍稍扭动一下嘴角,她所拒绝的世界似乎就会顺势从那里涌流进去。

我屏住呼吸看得入神。历史从此被切断,这是一张向未来向过去都不置一词的面孔。我们有时在刚刚砍伐的树桩上,可以看到这种不可思议的面孔。尽管新鲜而带着水灵灵的颜色,但成长已经由此绝迹,沐浴着不该沐浴的风和阳光,突然暴露于本不属于自己的世界。断面上美丽的木纹描画出的这张奇异的容颜,只是为了拒绝,才来到这个世界之上。……

我望着有为子这张容颜如此姣好的一瞬间,不能不感到,无论是她一生,或者正在看着她的我的一生,都不会有第二次了。但是,持续不会像想象地那般长久,这张美丽的容颜突然出现了变化。

有为子站起来。这时,我似乎看见她笑了,看见她那月光下洁白闪亮的门齿。我不能更多记述这样的变化。因为站起来的有为子的面孔,已经离开明丽的月光,躲进树荫之中了。

我没有看到有为子决心背叛时的这种变化,很感遗憾。要是细细观察一番,抑或我也会萌生一种宽恕他人之心,包括宽恕一切丑恶。

有为子手指着相邻村庄的鹿原山下。

“金刚院!”

宪兵叫了一声。

此后,我也产生了孩子过节时喜欢热闹的心情。宪兵分别从四面八方包围了金刚院。村民被要求给予协助。我出于幸灾乐祸,伙同其他五六个少年,一起加入以有为子为领头的先遣队。有为子身后跟着几个宪兵最先走在月光闪耀的道路上,脚步充满自信,我看了甚感惊讶。

金刚院远近闻名。位于从安冈步行走一刻钟的山背后。那座名刹有高丘亲王亲手种植的香榧树,以及传说是左甚五郎建筑的优雅的三重塔。夏天,我经常到后山的瀑布里洗浴,玩耍。

河岸上有正殿的围墙。坍塌的泥土墙上生长着茂盛的茅草,夜间也能看到雪白闪光的穗子。正殿的大门旁边,山茶花开得正旺。一行人默默走在河岸之上。

金刚院的佛堂位于更高的地方。渡过一座独木桥,右首是三重塔,左首是红叶林,后面耸立着一百五十级遍布苔藓的石阶。因为是石灰石,很容易滑脚。

走到独木桥前边,宪兵回头摆摆手,示意大家停下。古代这里据说是运庆、湛庆建造的仁王门,从这里再向里走,有九十九谷山峦,属于金刚院寺庙领地范围。

……我们屏住呼吸。

宪兵催促有为子,她一个人走过独木桥。不久,我们也跟着过了桥。石阶下方裹在树影里,但是中段以上都显露于月光之中。我们躲避在石阶下方各处的阴影里,正在着色的红叶,在月光里泛着暗紫色。

石阶上方坐落着金刚院的本殿,从那里向左,斜斜地架着一道回廊,通往神乐殿似的空空的佛堂。这间空佛堂悬空,模仿清水寺的舞台，由山崖下组合而成的无数根柱子、横梁所支撑。回廊、佛堂，以及组合的木柱，长年风雨剥蚀，清白、洁净，宛如白骨。每逢红叶盛时，红叶的颜色和白骨般的建筑，显示出完美的调和。夜晚，各处一组组洁白的梁柱，沐浴着斑驳的月光，看上去既怪异又绚丽。

逃兵似乎躲藏在舞台上的佛堂里。宪兵想把有为子作为诱饵，抓捕他。

我们这些证人，藏在阴影里，屏住呼吸。浑身包裹在十月下旬冰冷的夜气里，可是我的面颊却如火烧一般。

有为子独自一人登上一百零五级石灰石台阶。她像狂人一般自豪。……黑色西服和黑色秀发之间，惟有美丽的面庞是白皙的。

月、星、夜云，以矛杉的棱线连接天空的山峦，斑斓的月影，白光浮动的建筑。万物之中，有为子叛逆的澄明的倩影使我迷醉。她有资格独自挺胸登上这段白色的石阶。这个叛逆和星、月、矛杉化为一体。就是说，她和我们这些证人同住于这个世界，收容着这样的自然。她作为我们的代表，从那里攀升而上。

我喘着气，不能不作如是想：

“由于叛逆，她终于接受了我。她现在就是我的人了。”

事件，终将会从我们记忆的某一点上失坠。登上一百零五级布满苔藓的石阶的有为子依然留在眼前。她似乎永远都在攀登这段石阶。

但是，从此以后，未来的她将变成另外的人。也许登上石阶的有为子又一次背叛了我，背叛了我们。接着，今后的她既不会完全拒绝世界，也不会完全接受世界。她只是屈身于单纯的爱欲的秩序，甘心情愿做一个男人的女人。

因此，回想起来，我只能将这件事作为一幅古老石版画里的风景看待。……有为子走过回廊，对着佛堂黑暗的里间呼喊。男人的身影出现了。有为子给他说了些什么。男人转向石阶的中段，扣响了手枪的扳机。宪兵也用手枪应战，站在石阶中段的树丛里还击。那男子再次举起手枪，对着向回廊奔逃的有为子背后连发数枪，有为子应声倒地。那男子又把枪口对准自己的太阳穴打了一枪。……

——宪兵和群众争先恐后奔上石阶,一起跑到两具尸首旁边。我不加理睬,依然静静躲在红叶荫里。白色的梁柱纵横交错,耸峙于我的头顶之上。脚踏回廊木板地面的足音,从头上微微飘落下来。两三道手电光重叠交织,越过栏杆,直接照耀着红叶树的梢顶。

在我看来,这一切都只能是遥远的事了。感觉迟钝的人们,若不流血也就不会变得狼狈。然而,一旦流血,就已经是悲剧终结之后了。不觉之间,我早已昏昏欲睡了。等到醒来,我被大家遗忘在这里,周围小鸟鸣啭不已,朝阳径直射进红叶底部枝条的深处。白骨似的建筑,从地板底下承受着阳光,仿佛又获得了生机,沉静,自豪,将那座空空的佛堂捧上红叶闪烁的山间溪谷。

我站起来,震颤着,周身揉搓了一遍。只有寒冷留在了体内,剩下的惟有这山间的寒冷了。

* * * *

次年春假,父亲于国民服①上披了一袭袈裟来到叔父家,说要把我带到京都去过上两三天。父亲的肺病非常严重,看到他如此衰弱,不由大吃一惊。不光是我,就连叔父和婶母夫妇,也劝他不要再去京都了。父亲就是不听。后来想想,父亲是打算趁自己还活着,将我托付给金阁寺的住持。

不用说,拜访金阁寺是我长年来的梦想,不过,尽管父亲强打精神,但不论在谁眼里,他都属于一个重病号。同一个重病的父亲一道旅行,无论是谁都提不起劲来。当未得一见的金阁眼看就要接近的时候,我的心里又犯了踌躇。无论如何,金阁都应该是美丽的,因而,较之金阁本身的美来,我把这一切全都寄予我内心对于金阁的美好想象之上了。

单就一个少年的头脑所能理解的来说,我也是通晓金阁的。一般的美术书上如此记载着金阁的历史:

> 足利义满承继西园寺家之北山殿,于此营建一座大规模别墅。

① 国民服,一九三六年作为国民便服定制的类似军服的服装。太平洋战争中被广泛穿着。

> 主要有：舍利殿、护摩堂、忏法堂、法水院等佛教建筑，以及宸殿、公卿间、客殿、天镜阁、拱北楼、泉殿、看雪亭等住宅建筑。舍利殿的建设倾力最著，这就是后来的金阁。至于何时始称金阁，则很难一语廓清。不过，应仁之乱以后、文明年间已经普遍运用这个说法了。
>
> 金阁面临广阔的苑池（镜湖池），是三层楼阁式建筑，大约落成于一三九八年（应永五年）。一二层是寝殿①风格，使用悬棂窗；第三层是纯然的方三间禅堂或佛堂式样，中央为板窗，左右饰以花头窗。屋顶葺桧树皮，以宝塔形屋顶高擎一只金铜凤凰。临池突出一座人字形钓殿（漱清），打破整体的单调。屋脊坡度和缓，檐下悬棰疏朗，木雕精细，轻快而优美。住宅建筑配以佛堂式，两相调和。这是一座庭园建筑的杰作，表现了吸收公家文化的义满的志趣，很好地传达了当时的时代气氛。
>
> 义满死后，遵其遗言，北山殿作禅刹，号鹿苑寺。其建筑或转移他处，或荒废至今，惟金阁得以幸存。……

犹如皓月当空，金阁作为黑暗时代的象征而被建造。因此，我梦想的金阁周围必以浓重的黑暗为背景。金阁静静坐落在黑暗中，优美、细密的梁柱构造，从内里微微闪耀着光辉。不管人们对这幢建筑作何评论，美丽的金阁总是无言地显示着纤细的构造，忍耐着周围的黑暗。

我又想起那只立于屋顶，经受长年风吹雨打的金铜凤凰。这神秘的金鸟，既不报时，也不奋飞，一定忘记自己是一只鸟吧？然而，以为它不飞是错误的。别的鸟都在空中飞翔，这只金凤凰也应该是展开光明的羽翼，永远飞翔于时间的海洋里。时间的波浪不住地扑打着这双羽翼，接着向后方流逝。只因为正在奋飞，凤凰只要显示出不动的姿态，怒目而视，高展羽翼，翻动羽尾，用金色的双腿稳稳站立，这就够了。

这样一想，我觉得金阁本身就是一艘渡过时间的大海驶来的美丽

---

① 中古时代贵族住宅形式。中央面南建筑寝殿（主人住居，兼招待宾客），左右及背后设厢房（内眷居处）。寝殿与厢房以回廊连接。寝殿南隔中庭掘池，筑湖心岛。临池建钓殿、泉殿。建筑物内全部铺设木质地板。

的航船。美术书上所谓“壁少而通风的建筑”，就是想象为船的结构，以复杂的三层屋形船面临水池，也就是引发人们的想象，把池水当作海洋的象征。金阁度过了众多的夜晚，这样的航海无穷无尽。而且，白昼里，这只奇异的航船停泊下来，供俗众任意游览；夜间，借助周围的黑暗，鼓起屋形的船帆，继续启碇航行。

我的人生碰到的第一个难题就是美这个东西，这样说一点儿也不过分。父亲是乡间一位朴素的僧侣，缺乏词汇，只是教给我“这个世界没有比金阁更美的了”。在我未知的地方已经存在着美，这一思想不能不使我感到焦躁与不满。如果那里确实存在美，那么我就是疏离于美之外而存在的了。

然而，金阁对于我决非一种观念，而是一个实体。尽管群山阻隔着它的远景，但只要想看，走到那里就能看见。美，是一种伸手可及、举目可望的东西。我知道并确信，即使在各种纷乱的变化过程中，不变的金阁依旧端然而在。

有时候，金阁似乎是攥在我手心里的小巧玲珑的工艺品；有时候，又像高耸云天的巨大怪物般的伽蓝。所谓美，本来就是不大不小、适乎其中的。可是，少年的我却没有这样的想法。因此，夏天里我即使发现一朵小小的野花，看到那浥满朝露、放出迷离光彩的样子，就认为如金阁一般美丽。还有，当我看到山对面浓云攒聚，雷声滚滚，晦暗的边缘金色闪亮的当儿，这种壮大的景象也使我联想到金阁。到头来，哪怕望一眼美人儿的姣好容颜，心中也会立时泛起“美如金阁”这样的形容来。

这趟旅行是忧伤的。舞鹤线自西舞鹤发车，中间停靠真仓、上杉等小站，经绫部开往京都。客车很脏，沿保津峡等多隧道之处，煤烟无情地扑向车厢内，父亲每每被煤烟呛得咳喘不止。

乘客中多数人都和海军多少有些关系。三等车厢，挤满了下士官、水兵、员工，以及去海兵团探亲回来的家属等。

我望着窗外春季浑浊而阴沉的天空，看了看父亲国民服外敞开胸口的袈裟，也看了看满面红光的下士官们几乎涨开金扣子的胸膛。我仿佛感到自己位于他们两者中间。不久到了成年，我也会被选拔入伍。但是，我即便成为一名士兵，能否像眼前这些下士官一样忠实而负责地生活下去呢？总之，我脚跨两个世界。我虽然年纪轻轻，丑陋而顽固的凸露的前额下边，就有了一个父亲执掌的死的世界和一个青年人的生的世界。我感到，战争作为媒介，将这两种世界结合在一起了。我也许将成为二者的结合点吧。事情很明白，我若战死了，眼前的歧路不论选哪一条，结局都一样。

我的少年时代在黎明前的微光里浑浊起来。幽暗的世界太可怕了，而白昼般历历可见的生不属于我。我一边守望着父亲的咳喘，一边屡屡看着窗外的保津川。河水呈现着化学试验使用的硫酸铜一般浓丽的群青色。每当钻出一座隧道，保津峡离线路忽而很远，又忽而意外地挨近眼底，于平滑岩石的包裹中，轰隆轰隆旋转着它的群青色的辘轳。

父亲在车上摊开白米团子饭盒，他有点儿不好意思。

“这可不是黑市米，是施主的心意。你只管高高兴兴地吃吧。”

父亲故意让周围的人都听见似的说罢就吃饭了。他撮起一个不大的饭团，好容易吃了下去。

我未曾想到，这趟煤烟黝黑的古老的列车是驶往京都的，我只觉得它是向着死亡的驿站前进。这样一想，每当钻入隧道车内弥漫的黑烟，就散发着火葬场的气味。

……我果然站到鹿苑寺山门的前边了。这时，我心里怦怦直跳。从此，我可以看到世界上最美的东西了。

太阳西斜，群山烟霭缭绕。几个游客和我们父子一前一后进了山门。大门左侧是围绕钟楼的梅林，枝头挂着残花。

父亲站在长着一棵大栎树的本堂玄关前，请求引见。住持传话说正在待客，希望再等二三十分钟。

“趁着这当儿，先看看金阁吧。”父亲说。

父亲大概特意想叫儿子看看，凭着他的面子可以免费进去参观。可是，卖门票和卖符牌以及在门前收票的人全换了，同十多年前父亲常来的时候不一样了。

“下回再来还会换人的啊。”

父亲灰着老脸说。可是，我却感到，父亲对所谓“下回再来”已经缺乏信心了。

但是，我故意装出孩子气模样（我惟有这时候或故意演戏的场合，才像个少年），高高兴兴走在前头，几乎是一路小跑。于是，让我魂牵梦绕的金阁，就这样轻而易举地将全貌展现在我的眼前。

我站在镜湖池这边，金阁隔着水池在夕阳里显露着它的正面。漱清在左前方半隐半现。漂浮着斑驳的藻类和水草叶子的水面，映着金阁精致的投影。这个投影显得更加完美。夕阳将池水的反射映照于各层庇檐的里侧，晃漾不定。比起四周的光亮，庇檐里侧的反射更加鲜明耀眼，宛如将远近法加以夸张的绘画，金阁巍然屹立，给人略显后仰的感觉。

“怎么样？挺漂亮吧？一层叫法水院，二层叫潮音洞，三层是究竟顶。”

病中的父亲将骨瘦如柴的手搭在我的肩膀上。

我变换着各种角度，有时歪着头眺望，引不起任何感动。这只不过是一座陈旧而灰暗的小小三层建筑，屋顶的凤凰看上去只能像乌鸦一般。谈不上什么美，只能给人一种极不调和的动摇之感。我想，所谓美，就是指这种不美的东西吗？

假若我是一个谦虚好学的少年，在未曾感到失望之前，一定为自己太没有鉴赏的眼光而悲叹。然而，我心中原有的美好的预感一旦遭到背叛，那种痛苦就一下子剥夺了我其他的一切反省。

我怀疑金阁掩饰了它的美丽，抑或将美丽幻化为别的东西了。美为了保护自己，时常会蒙混人的眼目。我应该更加亲近金阁，排除自己眼里觉得丑陋的障碍，逐一检点细部，亲眼观察美的核心。既然我坚信美是可视的东西，这样的态度是理所当然的。

父亲领我恭恭敬敬登上法水院的廊缘。我首先看了玻璃橱里精巧的金阁的模型。这个模型使我非常满意。它更接近我梦中的金阁。而且，大金阁里头收纳一个一模一样的小金阁，如同大宇宙里存在一个小宇宙，引起人们无限的对照联想。我也开始做梦了，我想象着一个比这只模型更小、更完备的金阁；同时也想象着一个比真的金阁无限广大、几乎可以包容世界的金阁。

但是，我的脚不能一直站在模型前边不动。接着，父亲又带我到闻名的国宝——义满像前面。这尊木雕像称为鹿苑院殿道义像，是义满剃度以后的名字。

不过，我也只看到这是一尊煤烟熏黑的奇妙的偶像，感觉不出丝毫的美。再到二楼的潮音洞去，看了据说出自狩野正信[①]手笔的天使奏乐的天棚画。接着又看了三层究竟顶各处残留的可怜的金箔的痕迹。这些，我同样没有觉得美在哪里。

我倚着纤细的栏杆，呆呆俯视着池子表面。池水映着夕阳，犹如生锈的古铜镜的镜面，垂直地反射出金阁的倒影。水草和藻类深远的下方，映着夕暮的天空。这天空和我们头顶的天空迥然不同。水里的太空澄明、充满着寂光，自下方和内里将地上的世界囫囵吞没，金阁沉下去了，在那里被洗涤尽净，宛若一块黝黑、光洁而带有锈迹的巨大的金碇。……

住持田山道诠和尚和父亲是禅堂的朋友。道诠和尚和父亲一起度过三年的禅堂生活，是朝夕与共的伙伴。两个人同样进了义满将军亲自建立的相国寺专门道场，经过“低头悔过[②]”和“三日坐禅[③]”才得以入众[④]的。道诠和尚和父亲不仅是共患难的朋友，他们在开枕时刻之后，还时常一起翻越围墙，出外嫖妓，寻欢作乐。这是很久以后，道诠法师心情高兴时跟我说的。

我们父子拜谒完金阁，再次折回本堂的玄关，马上又被领着走过长长的宽阔的回廊，来到大书院住持的房间，从这里望去，长着闻名的陆舟松的庭园尽收眼底。

---

① 狩野正信(Kanomasanobu，1434—1530)，室町后期画家，狩野画派始祖。称大炊助(oinosuke)。初学周文。以俗人水墨画家升任御用画师。仕足利义正和义尚。开狩野画风之基。

② 原文作“庭诘”。禅宗规定，游方僧进入专门道场修行，先于玄关旁终日坐在自己行李上低头自省。

③ 原文作“旦过诘”。游方僧经过“庭诘”，再于小屋中坐禅三天。

④ 经过以上两种修行的行脚僧，方可成为一山大众(云水)之一员。

我穿着学生制服，收缩着膝盖，拘谨地坐在那里。父亲一进来，立即放松多了。父亲和这里的住持尽管经历相同，但面相各异。父亲久病体弱，福薄命苦，肌肤惨白；而道诠和尚看起来却似一团桃红蛋糕。毕竟寺殿华美，和尚的桌子上也堆满了各处寄来的包裹、杂志、书籍、书信等物，有的尚未打开来。和尚用胖乎乎的手指拿起剪刀，灵巧地解开一只小包。

"东京寄来的点心。眼下，这种点心成了稀罕物。店头上看不到，听说只供应军队和官府。"

我们要了薄茶，吃了从未尝过的西洋干果子般的东西。越是紧张，碎末就越是不断向我闪光的黑哔叽制服的膝盖上撒落。

军官和官僚只重视神社，轻视佛寺，甚至压迫佛寺。父亲和住持对此甚感气愤，他们讨论今后应该如何经营寺庙。

住持微胖，当然也有皱纹，可是每一条皱纹深处都洗得很洁净。圆脸，鼻梁很长，呈积聚的树脂形状。脸盘如此，剃光的头形显得很威风，看来精力都集中在那里。惟有这脑袋是极富动物形象的。

父亲和住持的话题转移到僧堂时代的回忆上。我眺望着院子里的陆舟松。这棵巨松枝柯低俯、蟠曲，呈船形，惟有船舳的枝条高高上举。临近闭园，好像进来一批团体游客，隔着围墙从金阁方面传来阵阵嘈杂声。那脚步声、说话声都被春日黄昏的天空吸收了，听不到尖利的嗓音，似乎带着几分圆润。那足音虽然像潮水一般远去了，但依然感到那是从地面上杂沓而过的芸芸众生的脚步。我抬眼凝望着夕暮残照之中金阁顶端的那只金凤凰。

"我想把这孩子……"

听到父亲的声音，我回头望着他。在这间幽暗的屋子里，我的将来就被父亲托付给道诠法师了。

"我也活不多久了，到时就请关照一下这孩子吧。"

道诠法师到底是法师，也没有虚应故事地安慰一番。

"好吧，交给我了。"

令我惊讶的是，其后他们俩兴高采烈大谈各种名僧之死的传说。一位名僧说了句"啊，真不想死"就死了；也有的名僧像歌德一样，死前说道:“再给我些光明。”还有的名僧临死前在计算自己的香火钱。

住持请我们吃了一顿药石[①]饭,当晚就决定睡在寺里。晚饭后我又催促父亲再去看看金阁。因为月亮升上来了。

父亲和住持久未相见,谈起话来十分兴奋。他虽然很累了,可一听说金阁就喘着粗气,扶着我的肩膀,紧跟着来了。

月亮从不动山侧面升上天空。金阁的后侧承受着月光,静静地叠印出一团斑驳而复杂的暗影。清澄的月光只在究竟顶的花头窗窗棂上滑动。究竟顶是通气口,仿佛那里潜隐着迷蒙的月色。

夜鸟从苇原岛背后鸣叫着飞上天空。我感到了父亲清瘦的手压在我膀子上的分量。我瞥了一眼自己的肩膀,月光之下,我看到父亲的手化作一根白骨。

*　　*　　*　　*

回到安冈以后的那些日子,曾使我大失所望的金阁,又在我的心目中复活了。金阁仍然是美的,不知何时,它已经比我看到它时更加美丽了。我无法说出它究竟美在何处,但梦想中孕育成的东西,一旦经过现实的修正,返回来更加刺激着梦想。

我不再从实际的风景和事物中追逐金阁的幻影了。金阁逐渐变得深沉、坚固和实在了。那一根根梁柱、花头窗、屋脊和顶端的凤凰清晰地浮现在眼前,伸手可及。纤细的局部,复杂的全貌,相互映照,使人联想到音乐的一小节,不论截取哪一部分,都能带出整体,鸣奏着金阁的全部乐章。

“父亲说过,地上最美的东西是金阁,这话很对。”

我给父亲的信,第一次这样写道。父亲把我领回叔父家,又回地岬上那座寂寞的寺院去了。

不久,母亲打来电报,说父亲大量咯血,去世了。

---

① 药石,又称怀石,指晚饭或夜间吃的粥。古代禅家没有正式的晚餐,夜晚为防饥寒,怀温石暖腹。又,早饭谓之“粥座”,午饭谓之“斋座”。

第 二 章

父亲死了，我真正的少年时代也结束了。我的少年时代缺少对别人的关心，这一点我自己也觉得很奇怪。而且，当我发现我对父亲的死毫不感到难过时，这就不是什么惊奇，而只是一种无力的感叹了。

我赶回家时父亲已经躺在棺材里了。我先步行到内浦，然后坐船沿海岸回到成生，花了整整一天时间。入梅前的季节，每天太阳当头照着，气候炎热。我见了父亲一面，灵柩便匆匆运到岬口荒凉的火葬场，在海岸边焚烧了。

一个乡村寺庙住持的死，显得有些异样。这是一种过分贴切的异样。可以说，他既是这个地方的精神支柱，又是每个施主生活中的维护者，也是他们死后的托付人。这样的他死在庙里了。他忠于职守，令人钦佩，如同一个到处教人以死法的人，在实际表演中失手献身，给人一种过失上的感动。

实际上，父亲的灵柩安放在一个经过精心准备、万分周全的地方，可以说适得其所。母亲、小和尚和施主们都在灵前啼哭。小和尚结结巴巴地念经，看来多半是出于棺材里父亲的指示。

父亲的脸埋藏在初夏的花丛中。水灵灵的花朵鲜嫩得有些怕人。朵朵鲜花仿佛一起窥视着井底。因为，死者的脸比活着的时候无限干瘪了，向着我们的只剩面部的轮廓线，凹陷的部分再也鼓胀不起来了。所谓物质，已经远离我们而去，其存在的方式是我们无论如何都无法抵达的地方。死者的面容最能如实地表明这一点。由于精神因死亡而转化为物质，我们方能接触到这样的局面。然而，五月的鲜花、太阳、书桌、校舍、铅笔……这些物质为何离我们十分遥远，显得如此生疏呢？如今，我渐渐懂得了其中的道理。

母亲和施主们眼望着我和父亲的最后的会面。可是，这个词儿所暗示的生者世界的推论，凭我顽固的心理是无法接受的。不是什么会面，而只是我看着父亲的遗容。

遗体只能被望着，我也只是看看罢了。就像平时没有任何意识一样，看就是看，既是生者的权利证明，也是一种残酷的表示，对我来说，就是一次鲜明的体验。我是一个既不大声唱歌、也不高声喊叫着随处乱跑的少年，我就是如此学会确认自己的人生的。

我本是个胆小畏葸的少年，可是此刻，我的脸色明朗而没有一滴泪痕，施主们一起望着我也丝毫不觉羞愧。寺院位于邻海的山崖顶端。吊客们的背后，团团夏云，高高耸立于日本海海面之上。

起龛①的诵经开始了，我也加入其中。本堂光线黯淡，插在柱子上的白幡，神座长长横梁上的华幔、香炉、华瓶②之类，在灯光的辉映下，光芒闪耀。海风阵阵吹来，掀动我的僧袍的衣袖。我在诵经的时候，眼角不断承受着渗入强烈阳光的夏云的姿影。

那不住向我半边脸上倾注的严酷的外光，那辉煌的侮蔑……

送葬的队列走过一两条街，就到了火葬场。这时，我们突然遇上下雨。正巧走到一位好心的施主门前，停灵时可以躲躲雨。看样子，雨一时止不下来，队伍必须一直前进。因此，大家都准备了雨具，灵柩盖上油纸运到火葬场。

这里是村东南凸向海面的地岬根部，一个乱石纵横的小小海滨。从这里腾起的黑烟飘不到村里，所以自古就将这块地方辟为火葬场。

这一带海滨的风浪特别大，翻滚的波涛涌上来又粉碎了。这当儿，雨点不间断地砸向动荡的水面。无光的雨滴只是冷静地刺穿不寻常的海面，而海风却猛然将雨点刮向荒凉的岩壁。白色的岩壁被水沫打湿了，犹如溅上一片墨汁。

我们穿过隧道一同抵达那里，民夫们准备荼毘③的当儿，大家在隧道里避雨。

---

① 禅宗出殡的仪式。

② 华瓶，密教供插花用的铜壶。

③ 火葬。

看不见任何海景，眼前只有波涛、打湿的黑色岩石和雨丝。浇了明油的灵柩，露出鲜艳的原木色，被雨点敲击着。

点火了。为了住持的死，准备了充足的配给油，烈火反而迎着雨势，发出噼噼啪啪的炸裂声，越烧越旺。白昼里的火焰透过黑烟显现着清晰的影像。黑烟重重叠叠升起来，一股股吹向山崖。在这一瞬间，雨中惟有端丽的火焰闪耀，升腾。

突然，发出物体爆炸的可怕声响。灵柩盖烧得飞起来了。

我看看一旁的母亲。母亲两手捻着佛珠站在那里。她面孔僵硬，紧紧团缩在一起，似乎能托在掌心里。

*　　*　　*　　*

遵照父亲的遗言，我来到京都，做了金阁寺的学徒。当时，我是跟从住持而得度，学费由住持支付。作为回报的是，我每天打扫卫生，照顾住持日常起居。相当于俗家的所谓学仆。

入寺不久，我立即发现，那个讨厌的舍监被抓去当兵，寺里只剩下老人和儿童了。来到这里，我各方面轻松多了。在家上中学时，人家老是奚落我是庙里的孩子，在这里大家都是同类。……我说话口吃，长得丑一些，就是这一点与众不同。

我从东舞鹤中学退学后，在田山道诠和尚的说合下，转学到临济学院中学。离下半学期开学不到一个月时间，我又要进入新学校走读了。不过我知道开学后，全体学生都将被动员到工厂劳动。如今，我在新环境里，只剩几个星期的暑假了。居丧中的暑假，正值战争末期的昭和十九年①，一个意外平静的假期。……寺里的学徒生活规规矩矩，每当回忆起来，我就觉得对于我是一次最后的、绝对意义上的休假。那里的蝉鸣依然清晰可闻。

隔了几个月再度相见，金阁静静地坐落于晚夏的光明之中。

我受戒时刚刚剃过的头显露着青须须的发根。空气紧贴头皮，好

---

① 一九四四年。

不清凉。我有一种奇妙的危险的感觉:自己脑袋里思考的一切,仅仅通过一层敏感的、易于受伤的皮肤同外界物象相接触。

我抬起这样的脑袋仰望金阁。我感到,金阁不光从我眼里,而且透过头颅渗入到体内来了。正如这头颅因日照而发热、又因夕风忽而变凉一般。

"金阁啊,我终于来到你身边住下了。"有时,我停下手里的扫帚,心中喃喃自语,"我请求你,不一定现在,有朝一日你能亲近我,对我倾吐你心中的秘密。你的美丽只差一步就能清晰地看到,但我却尚未一见。较之我印象里的金阁,让我更加清楚地看到现实中美丽的金阁吧。再者,假若你的美是地上无与伦比的,那么请告诉我,你为何这般秀美?为何非要美得这么出众不可呢?"

这年夏天,前线噩耗频传,金阁于灰暗的战争环境中反受其惠,显得更加灿烂辉煌。六月里,美军在塞班岛登陆,盟军驰驱于诺曼底原野①。上香的人数显著减少,金阁似乎一直安享着如此的孤独和静寂。

战乱与不安、累累的尸骨、淋漓的鲜血,自然滋润着金阁的美丽。本来,金阁就是不安的产物,它是遵照一位心怀各种阴谋诡计的将军的意图而设计建成的。这种散乱的三层设计,在美术史家眼里只能是折中的样式,无疑是为寻求一种使不安得以结晶、自然形成的样式。金阁假如是以一种安定的形式建成的,那么,它就不能统摄那种不安,肯定早就坍塌了。

……尽管如此,我歇一歇扫除的手,无数次一面仰望金阁,一面为金阁能安然存在而百思不解。那次和父亲来看金阁只住了一夜,当时的金阁反而没有给我这种感觉,很难相信,今后在漫长的岁月里,金阁会永远在我眼前存在。

待在舞鹤时,每次只是想到,金阁永远坐落于京都的一角。一旦住到这里,金阁只是在我看到的时候出现在我眼前,我在本堂睡觉的时候,就觉得金阁不复存在了。因此,我每天几次去眺望金阁时,总是被

---

① 法国北部面临英吉利海峡的地方。二战后期,一九四四年六月,十七万六千各盟军,于诺曼底海岸登陆,击败德军。打开解放巴黎之路。

师兄们取笑。在这里，我对于金阁的存在更加感到不可思议，这想法使我难以忍受。看罢金阁返回本堂，途中当我转头再想看上一眼的时候，金阁仿佛像那位欧律狄刻①，蓦地消失了踪影。

我扫完金阁周围，好容易避开越发炎热的朝阳，进入后山，踏上通往夕佳亭的小径。正逢开园之前，没有一个人影。可能是舞鹤航空队的一列战斗机编组，从金阁上空低低掠过，在脑门上留下一阵隆隆的轰鸣，飞走了。

后山里有一个水藻纵横的僻静的池沼，名叫安民泽。池中有小岛，叫白蛇冢。上面立着一座五重石塔。早晨，那里只听见鸟叫，却不见鸟的姿影，整个林子好像都在嘤嘤鸣叫。

池沼一带，夏草丛生。小路和草地隔着一道低矮的栅栏。地上躺着一位身穿白衬衫的少年。一旁的小枫树上靠着一支耙子。

少年一跃而起，仿佛剜掉飘荡在周围的夏日早晨莹润的空气，他看到我，说：

"哦，是你。"

这位名叫鹤川的少年，是昨晚上经人介绍刚认识的。鹤川的家是东京近郊一所富裕的寺院，学费、零花钱以及粮食，都由家里源源不断地寄来，只为使他尝试一下学徒修行的滋味，通过住持的关系，寄养在金阁寺。他暑假回家休假，昨晚提前回到寺里。鹤川一口地道的东京方言，该是我秋季即将入学的临济学院中学的同级生。他说起话来急速而快活的语调，昨天晚上已经使我感到可怕。

如今，他一声"哦，是你"，早已使我答不出话来。可是，我的沉默，在他看来似乎当成一种谴责。

"不要扫了，何必干得那么认真呀。游客一进来，又要弄脏的。再说，也很少有人到这儿来啊。"

我笑了，我的这种无意识流露出来的凄凉的笑容，对有些人来说，

---

① Eurydikē（希腊语），希腊神话中俄耳甫斯之妻。死后居冥界，丈夫将她赎回地面，因触犯禁忌，转眼间化为乌有。

也许是亲近的种子。我就是如此,对自己给人家留下什么具体的印象,从来都不负责。

我跨过栅栏,在鹤川的身边坐下来。鹤川又横躺下身子,枕着膀子。他的臂膀外侧被阳光晒得黧黑,内里白皙得可以看见静脉。早晨的阳光从树丛漏泄下来,映照着青草的嫩绿。凭我的直感,我知道这位少年不像我一样热爱金阁。因为,我对金阁的偏执,不知不觉完全归咎于自己的丑陋上了。

"听说你父亲去世了。"

"是的。"

鹤川倏忽转动一下眼珠,他毫不掩饰自己那种孩子气的热衷于推理的性格:

"你之所以喜欢金阁,在于一看到它,就想起你的父亲,对吗?例如,你父亲也非常喜欢金阁。原因就在这里。"

他猜对了一半,这种推理不能使我麻木的表情产生任何变化,我为此暗暗窃喜。就像一个喜欢制作昆虫标本的少年,鹤川将人的感情分门别类放在屋内精致的小抽斗里,时时取出来,实地检验一番。他似乎有这方面的兴趣。

"父亲去世,使你感到十分悲痛吧,所以,你显得很沉闷。昨天晚上一见面,我就看出来了。"

我没有任何反感,他说我沉闷,我就从他的感想中赢得了几分安心和自由,说话也流利了:

"我没有一点悲痛。"

鹤川闪动着他那使我反感的长睫毛,朝我看了一眼。

"哦……这么说,你很恨你的父亲喽,至少你很讨厌他,对吗?"

"谈不上恨,也不是什么讨厌……"

"哦,那为何不觉得悲痛呢?"

"我也说不清。"

"真搞不懂。"

鹤川遇到了难题,他又从草地上坐起来。

"也许你有比这个更加悲痛的事情。"

“你指的什么，我不明白。”

我说完，接着反躬自省：我为何那么喜欢让人产生疑问呢？对我本人来说，并没有什么难解之处，这是不言自明的事。我的感情里也存在口吃，我的感情总是赶不上需要。其结果，父亲的死这件事和悲痛的感情，各自独立，互不关联，井水不犯河水。这一分之差，一步之迟，总是使我的感情和事件回到支离破碎、抑或是本质的支离破碎的状态了。如果我有悲痛，那么这悲痛和任何事件、任何动机都没有关系，那只是对我突发的、毫无道理的袭击。……

……这次，我又没能将一切向眼前这位新朋友说个明白。鹤川终于笑了。

“咳，你这人挺怪的。”

他穿着白衬衫的腹部一起一伏，树林里漏泄的阳光在他的腹部移动着，这使我很幸福。我的人生也像这家伙衬衫的襞褶一样，荡起了一道道疙皱。然而，这衬衫是多么洁白耀眼啊！尽管有着许多襞褶……要是我也这样呢？

避开世间，禅寺只按禅寺的规律行事。因为是夏天，每天最晚五点起床。起床称为“开定”。起来后马上是晨课读经，称为“三时回向”，即读经三次。接着是室内扫除，擦洗。然后是朝食“粥座”。

粥有十利
饶益行人
果报无边
究竟常乐

读罢“粥座”经，即行吃粥。饭后有割草、扫除庭院、劈柴等劳务。开学之后，其余该是上学的时间，放学回来，不久就是“药石”。其后有时由住持上课，讲解经典。九点“开枕”，也就是就寝。

我的一天的活动就是如此。每天一早，由当厨的典座[1]到各处摇

① 禅寺里做杂务的僧人。

铃叫醒。

金阁寺即鹿苑寺内，本来该有二三十个人，但由于有的人应召入伍或征调别处，除了一位向导和看门的七十多岁的老者和一位年近六十的老厨娘之外，只剩下执事、副执事，再加上我们三个学徒。老人老朽，死了一半，少年还都是孩子。执事又称为“副司”，司掌财会事务，工作繁忙。

数日后，分配给我的任务是把报纸送到住持（我们叫他老师）房间。报纸到来一般是晨课过后、打扫结束的那个时刻。由于人手少，时间短，寺里有三十多间屋子，加上所有的走廊都要揩拭一遍，工作势必流于草率。报纸必须到大门口去取，要通过“使者之间”前边的走廊，从里头绕客殿一周，再经过“间廊”，送到老师住居的大书院。这一路上的走廊都是先泼上半铁桶水，然后再擦洗，所以地板各处的凹坑里，水洼在朝阳下闪闪发光，积水浸湿了脚踝。又是在夏季，心情很是舒畅。可是到了老师房前，就得跪在格子门外，叫一声：

“我来了。”

“嗯。”

得到里头回应才能进屋，伙伴们告诉我一个秘传：进去之前赶快用僧衣的衣裾擦干净双脚。

我一边偷看报纸上散发出世俗的浓烈油墨香的大标题，一边急匆匆从走廊上通过。于是，我瞥见了“帝都空袭不可免吗？”这个题目。

我一直有种奇怪的想法，我从来没有把金阁和空袭合在一起想过。自从塞班岛沦陷之后，一般认为本土遭受空袭在所难免，京都市一部分在强制下立即疏散。即便如此，在我头脑里，总觉得金阁有一半是永恒的存在，它和空袭的灾祸各自无缘。我以为，坚不可摧的金阁和那科学之火性质各异，一旦相遇双方就会迅速躲闪。……但是，金阁也许不久就会被空袭的烈火烧光。这样下去，**金阁确实会化为灰烬的啊**！

自从我心里有了这个想法之后，金阁又增添一层悲剧之美。

夏日末尾的一个午后，第二天就要开学了。住持带着副执事，应邀到某地做法事去了。鹤川约我看电影，可我兴趣不大，于是他也就立时没了兴趣。鹤川有这样的脾性。

我们两个请了几小时假，黄褐色裤子外面打上绑腿，戴着临济学院中学的制帽，出了本堂。夏日火烈，没有一个香客。

“到哪儿去呢？”

我回答他说，出行之前我总想好好瞧瞧金阁，明天这个时候说不定见不到它了，也许在我们去工厂时金阁遭到空袭烧毁了。我啰里啰嗦，不时结结巴巴地叙说着，其间，鹤川一直带着一副呆然而焦躁的神色听着。

我说完这番话，像是公开了一件难为情的事，脸上汗水直流。我只对鹤川一人袒露了自己对金阁异乎寻常的执着之情。然而，在他努力想听懂我口吃的表情里，我只看到了那种我所常见的焦躁之感。

我碰见了这张面孔。当我袒露一项重要秘密的时候，当我诉说对于美的无比感动的时候，或者掏出五脏六腑、向人展示的时候，我所碰到的就是这样的面孔。人们不会对一般人显露这样的面孔。这种表情满含谦恭的忠实，真切地模仿着我的滑稽的焦躁感，可以说是一面令我畏惧的镜子。不论多么美好的容颜，在这个时候都会变得和我一样丑陋。当我看到这样的面孔时，我要表达的重要意思，就会堕落为瓦砾，变得一文不值。……

夏日酷热的阳光直射下来，在鹤川和我两个之间。鹤川稚气的脸上布满晶亮的油汗，一根根睫毛在阳光里闪耀着金光，在鼻孔喷出的热气里散开来，等待着我结束话题。

我说完了。一旦说完，我又同时感到愤怒。鹤川从结识到现在，从未嘲笑过我的口吃。

“为什么？”

我责问他。正像我一再表白的那样，嘲笑和侮辱远比同情更合我心意。鹤川露出一副莫名其妙的温和的笑容，这样跟我说：

“凭我的性格，我丝毫没有留意到这一点啊。”

我甚感惊讶。在乡村偏僻的环境里长大的我，根本没见过这种亲切的面容。鹤川温驯的表情教会了我：我发觉，从自己的人生之中剔除口吃，我依然是堂堂正正的我。我周身每个毛孔都尝到了赤裸裸的快感。鹤川闪动长长睫毛的眼睛，从我身上涤去口吃，收容了我。过去的我，一直抱着奇怪的想法，认为无视我的口吃，就是完全抹杀我的存在。

……我体会到感情上的和谐与幸福。此时再看到金阁的情景，我将永远难忘，这是不足为怪的。我们两个，从昏昏欲睡的看门老人面前通过，沿着围墙边阒无人迹的小道匆匆迈动脚步，来到金阁前面。

……我的记忆十分鲜明。两个打着绑腿、身穿白衬衫的少年，肩并肩站在镜湖池畔。两人前面矗立着金阁，中间没有任何阻隔。

最后的夏天，最后的暑假，假期最后的一天……我们的青春屹立于令人目眩的峰顶。金阁也和我们一样耸立于相同的峰顶，面对面说着话。空袭的期待，使我们和金阁更加接近。

晚夏静谧的阳光，在究竟顶上贴上一层金箔，直接下泄的光芒将金阁内部填满了夜的黑暗。以往，这座建筑不朽的时间压抑着我，阻隔着我，不久就要被燃烧弹的烈焰烧光。它的命运向我的命运靠近。说不定金阁会比我们更早消亡，这样一来，金阁也就和我们经历着相同的生涯。

金阁周围遍布红松的山峦，包裹在一派蝉声之中，仿佛无数看不见的僧众一同念着消灾咒文。“佉佉。佉呬佉呬。吽吽。入嚩囉入嚩囉。盋囉入嚩囉盋囉入嚩囉。”

我想，这座美丽的建筑不久将化为灰烬。由此，印象的金阁和现实的金阁，犹如透过薄绢描摹的彩绘，重合在原画之上，其细部也徐徐相叠。屋顶叠着屋顶，凸向池水的漱清叠着漱清，潮音洞的勾栏叠着勾栏，究竟顶的花头窗叠着花头窗。金阁不再是纹丝不动的建筑了。可以说，它已经化作现象界里无常的象征了。如此一想，现实的金阁之美已经不亚于心象中的金阁之美了。

抑或明日大火自天而降，那颀长的廊柱和优雅的屋脊的曲线将归于灰土，不再触及我们的眼帘。然而，在目前，那精致的姿影正沐浴着夏日如火的炎阳，泰然自若。

山端耸峙着凝重的夏云，宛若为父亲超度时我的眼角所瞥见的一样。云彩满贮着沉郁的光芒,俯视着这座精巧的建筑。金阁在晚夏强烈的阳光下,看上已经失去了纤细之趣,内部包藏着阴冷的黑暗,仅仅以神秘的轮廓,拒绝着周围光闪闪的世界。而且,惟有顶端的凤凰,用锐利的脚爪站立,紧紧抓住基座,力求不颠仆于阳光之下。

鹤川对我久久的凝视厌倦了,他拾起脚边一块小石头,摆出一个明显的棒球投手的姿势,向镜湖池里金阁的影子投去。

波纹荡开湖面的水藻扩散开来,刹那之间,美丽精致的建筑崩溃了。

* * * *

自那之后到战争结束这一年,是我和金阁最亲近、时刻担心它的平安、沉溺于它的美丽的时期。不管怎么说,这是一个将金阁降低到和我同样的高度、在这种假定下可以大胆热爱金阁的时期。我尚未受到金阁坏的影响,或者说毒害。

在这世上,我和金阁共同的危难鼓舞了我。我找到了美和我结合的媒介。我感到在拒绝我、疏远我的东西之间架起了一道桥梁。

烧死我的大火也能烧毁金阁,这一想法几乎使我陶醉。在同样的灾祸和同样的不祥之火的命运之下,金阁和我所居住的世界处在同一条水平线上。和我的脆弱、丑陋的肉体一样,金阁虽然很坚固,但也具有易燃的木炭般的肉体。这样一想,有时感到就像盗贼一边逃走一边吞噬高贵的珠宝一样,我也能够把金阁藏在我的肌肉里,装在我的心窝里,远走高飞。

这一年间,我既不念经,也不读书,一天又一天,修身、军训、习武,帮助工厂干活和强制疏散,每天如此打发日子。战争,助长了我的爱幻想的性格,人生离我渐去渐远。所谓战争,对于我们少年来讲,就是一种梦一般缺乏实质性的慌乱的体验,一座斩断人生意义的隔离病房。

昭和十九年十一月,B29首次轰炸东京。这使我立即感到,京都遭空袭是早晚的事。京都全城被大火包围,成了我暗暗的梦想。这座都城古旧、保守,忘记了众多神社、佛阁重建于灼热的灰烬之中的那段记忆。一想到应仁之乱如何使这座都城荒废殆尽,我就感到,京都忘记战火造成的不安太长久了，它已经失去了几分美丽。

明天金阁也许就会被烧毁，那种顶天立地的形态也就随之消失。……到那时，顶端的凤凰就会像不死鸟一样获得新生而展翅高飞吧？而且，束缚于形态的金阁将轻轻滑离泊位，随波逐流，于湖海暗潮之上，微光闪烁，漂摇而出。……

等着等着，京都一直没有遭空袭。翌年三月九日，即使听到东京下町一带被大火包围，灾祸依然遥远，京都上空只有早春时节清澄的蓝天。

我半绝望地等待着，这早春的天空正如光闪闪的玻璃窗，看不到内里。我相信那里头一定隐藏着烈火和毁灭。如上所述，我对人世的关心是淡薄的。父亲的死，母亲的贫穷，几乎没有影响我的个人生活。我只是梦想有一个像天空般巨大的压缩机，将灾祸、残败、灭绝人世的悲剧，还有人类、物质、丑陋与美丽，在同一条件下，通通压挤成一团。这样一来，这早春不寻常的灿烂的天空，就会像覆盖大地的巨斧，寒光闪耀。我只等待压缩机降落，刻不容缓地快快降落下来。

我至今依然感到有些事莫名其妙。本来我没有被黑暗的思想俘虏过。我的关心，我所承受的难题应该都是关于美的。但我并不认为战争影响了我，使我抱有黑暗的思想。一味只想着美，人就不知不觉会碰到这个世界上最黑暗的思想。人也许生来就是如此的。

我想起战争末期京都的一件逸事。这件事几乎使人难以相信，但目击者不是我一个人，我的旁边还有鹤川。

那天是停电的日子，我和鹤川一起到南禅寺去。我们从未拜访过南禅寺。我俩穿过宽阔的马路，渡过索道上的木桥。

五月响晴天气。索道已经不再使用，斜坡上吊船的钢轨锈蚀，几乎掩埋于荒草丛里。草丛中粉白色的十字形花朵，在风里震颤不已。索道斜坡隆起的前端，积满了污水，映照着这边岸上一排叶樱①的影子。

我们站在小桥上，毫无意义地遥望着水面。战争期间的各种回忆

① 五月初前后，樱花落尽，嫩叶绽放。

中，这毫无意义的短暂的时间，却留下了鲜明的印象。这无所事事、茫然自失的短暂的时间，如云隙间偶尔闪现的蓝天，无处不在。这段时间竟然清晰地保留在欢乐、愉快的记忆之中，真是不可思议。

“真好啊！”

我又毫无所指地笑着说。

“嗯。”

鹤川也望着我笑了。两人都切实感到，这两三个小时是完全属于自己的。

铺满碎石子的宽阔的道路一旁是水渠，长着美丽的水草，渠水清冽地流动。不一会儿，那座著名的山门迎面横在眼前。

寺里不见一个人影。新绿中，众多塔头①的瓦甍犹如反扣着的红褐色的书本，十分秀雅。战争，在这样的瞬间究竟是什么？在某一地方、某个时间，战争只能是仅存于人们意识中的奇怪的精神性事件。

石川五右卫门②脚踩楼上的栏杆，观赏满目樱花的地方，大概就是这座山门。虽然已是叶樱时节，我们依然抱着孩子般的心情，打算模仿五右卫门的姿态，观赏风景。付了一点儿门票钱，登上陡峭的黝黑的木质楼梯。到了顶上的平台，鹤川脑袋碰在顶棚上。我刚刚取笑他，自己也立即撞上了。我们又转弯登了一段阶梯，来到楼顶。

钻出地窖似的狭窄的楼梯，面对广大的景观，周身蓦地感到一阵快活的紧张。叶樱和松树，对面隔着房屋巍然耸峙的平安神宫的森林，京都市郊烟霞迷蒙的岚山、北方、贵船、箕之里、金昆罗等群峰挺立的雄姿……我们饱览这些景观之后，像寺里小徒弟一样，脱去鞋袜，恭恭敬敬进入厅堂。晦暗的佛堂并排铺着二十四叠大的铺席，中央供奉着释迦像，十六罗汉金色的眼珠在黑暗里闪光。这里叫做五凤楼。

南禅寺虽然和相国寺派的金阁寺同属临济宗，但和金阁寺不一样，这里是南禅寺派的大本山。我们是在同宗异派的佛寺。但我们二人和

---

① 禅宗高僧的墓塔。

② 安土桃山时期的大盗，于京都三条河原被处以鼎镬之刑。

普通中学生一样，手捧说明书，观赏据说是出自狩野探幽守信[1]和土佐法眼德悦笔下的色彩艳丽的天棚画。

天棚一边是手弹琵琶和吹奏笛子的飞天画。另一边画着手捧白牡丹飞翔的迦陵频伽，这是住在天竺雪山上的妙音鸟，上半身是丰腴的女姿，下半身是鸟体。此外，中央的天棚上描绘着一只凤凰，华丽得像一道彩虹。它是金阁顶端那只威严的金凤凰的友鸟，但毫无相似之处。

我们跪在释尊像前合十膜拜，然后走出佛堂。我们一时不想下楼，于是倚在上楼的一段楼梯朝南的勾栏上。

我们似乎发现一个色彩绚丽的小小漩涡，以为是刚才所见的五彩斑斓的天棚画的残像。丰富的色彩凝聚于一身，感觉就像是那迦陵频伽鸟，隐映在茂密的绿叶翠松的枝条之间，人们只能从墙缝里瞥一眼那华丽羽翼的一端。

完全不是这么回事。我们的眼下，隔着道路是天授庵。简素的庭院里是一片静谧的低矮的林木。一条用四方石角对角铺设的石板小径，曲曲折折通往宽敞的客厅。客厅格子门大开，厅里的壁龛和百宝架尽收眼底。这里看来是经常举办茶会和租赁茶席的地方，地上铺着鲜艳的绯红毛毡。坐着一个年轻的女子，映入我的眼帘的就是这一些。

战争期间，穿着如此高级的长袖和服的女子根本看不到了。谁要是以这身打扮出门去，半道上定会受到谴责，非得折回家不可。因为这种长袖和服实在太华美了。虽然看不清细密的花纹，但是却可以看到水蓝色的底子上印着或绣着一朵朵花儿，大红腰带的金丝线闪闪发光。夸张点儿说，连周围都映衬得耀目争辉。青年美女端然而坐，白皙的侧影宛若浮雕，我怀疑她是否是真的活女子。我结结巴巴地问：

“她到底是不是活人？”

“我也正在怀疑呢，好像是个偶人。”

鹤川胸脯用力抵在栏杆上，目不转睛地回答。

这时，从里边走出一位一身戎装的青年陆军士官，他很有礼貌地打

---

① 狩野探幽（Kanotanyu，1602—1674），江户初期画家。名守信，号探幽斋。幕府御用画师，开拓一门繁荣。作品有二条城、名古屋城障壁画多种。

第 三 章

父亲周年忌到了,母亲别出心裁,想了个怪主意。因为我正值劳动总动员中,不能回乡,母亲亲自捧着父亲的牌位来到京都,请道诠和尚在老友忌日那天,花几分钟念经。本来没有钱,只是看在情面上,写了封信给和尚。和尚答应了,而且简要地对我转达了他的意思。

我听到这件事并不怎么高兴,这就是过去我故意很少谈起母亲的缘由。对于母亲,我不想多说什么。

有件事,我从未责备过母亲,一句话都没说。母亲恐怕也以为我不知道。但是,自发生那件事情以来,我打心里不能饶恕母亲。

那是我进入东舞鹤中学、寄养在叔父家、一年级暑假第一次回家的时候。当时母亲的亲戚仓井,在大阪经营上失败回到成生,那位招女婿的媳妇不让他回家。仓井为了等待妻子消消气,只好暂住在父亲的庙里。

我们寺里蚊帐很少,估计父亲的结核病不大会传染,父母决定和我睡在同一个蚊帐内。这回又增加一个仓井。我听到夏夜庭院的树木响起一声声有气无力的短促的哀鸣,想到那是蝉从一棵树飞向另一棵树。大概是这种声音把我吵醒了。海潮喧骚,海风飘起浅黄色蚊帐的边缘。蚊帐的摇摆异乎寻常。

蚊帐包裹着风,过滤着风,不情愿地摇晃着。因而,鼓起的蚊帐的形状,并非完全是随风飘举的形状。风弱了,蚊帐的棱角没有了。这时,蚊帐的边缘发出竹叶摩擦铺席的窸窣之声。但是,没有风蚊帐还在动,这是比风吹时更加细微的动。这种动涟漪般波及整个蚊帐,牵动着粗布里子,从内部看去,整个大蚊帐好像涨水的不平静的湖面。这是湖上远方的航船荡来的浪峰,或者是出港船只渐去渐远的余波……

我战战兢兢朝源头望去。这时,我感到,黑暗中自己睁开的眼睛,我讨厌看到亲人露骨的爱情展示，也许我只不过试图为这种厌恶寻找种种理由罢了。这正是我的坏脾气。一种真正的感情，通过各种理由使其正当化固然很好；但有时候又用自己头脑里编造的无数理由，将自己出乎意料的感情强加给自己。这种感情本来就不属于我。

不过，单就我的厌恶来说，也有正确的地方，因为我自身就是一个可厌的人。

“跑什么呀，跑不动，太累啦。拖着两腿回去不就得了？”

“这样可以得到你母亲的同情，打算撒撒娇不是？”

鹤川一贯如此，他的辩解全然是对我的误会。但我不讨厌他，我很需要他。他是我一名忠实的善意的译者，他将我的话翻译成现世的语言，是我不可替代的朋友。

是的，有时我把他看做一个炼金术家，能从铅里炼出黄金。我是照相的底版，他是实际的照片。我无数次惊讶地看到，我的浑浊而黑暗的感情，一经他内心的过滤，就一丝不留全部转变成透明、闪光的感情了。我无数次惊讶地注视着这种变化。正在我结结巴巴泛着踌躇的当儿，鹤川的手早已将我的感情翻个个儿，传向外面了。我从这些惊讶之中懂得了如下的道理：单单停留于感情阶段，这个世界最恶的感情和最善的感情没有区别，其效果是相同的；杀机和慈悲之心表面上没有什么不同，等等。这些道理尽管倾尽全部语言加以说明，鹤川也不会相信。可是对于我来说，这是一个可怕的发现。尽管由于鹤川的原因我不再畏惧伪善，但伪善在我看来，只不过是相对的罪恶罢了。

京都虽然没有遭逢空袭，但我看到过这样的情景：一位职员禀工厂之命，带着飞机零件的发货单到大阪总厂出差，不断遭到飞机轰炸，肠子都流出来了，只好用担架抬回来。

为何流出来的肠子那般凄惨？为何一看到人体的内部就那样惶恐不安、连忙闭上眼睛呢？为何流出的鲜血会给人冲击呢？为何人的内脏那样难看呢？……这和那柔软滑嫩的皮肤，其本质不是完全一样吗？……我如果表明自己把丑陋化为乌有的思考方法，是从鹤川那里学来的，他会是一副什么表情呢？至于内里和外面，假如将人看成像玫瑰花一样无所谓内外，那么这种想法为何又成了非人性的呢？如果人

“忌日过后,妈妈回成生吗?”

母亲的回答使我很感意外。母亲说,那座寺院的权限已经转让他人,仅有的一点儿田产变卖后,全部偿清了父亲的疗养费。今后,她孑身一人,打算投靠京都近郊加佐郡的舅父家,特来告诉我一声。

我没有可回的寺院了!那荒寂的海角的村庄,再没有人迎接我了。

这时候我脸上浮现的解放感,母亲是如何看待的呢?母亲凑到我的耳畔,这样对我说:

“这样吧,那里已经没有你的寺院了。将来,你只能做这座金阁寺的住持了。你必须让法师疼你、爱你,才能成为他的后继人,不是吗?妈妈这辈子就盼着这一天哪。”

我惶恐不安地看着母亲的脸,然而太可怕了,我不敢正面瞧她。

储藏室一片昏黑,这位“慈母”靠着我的耳边说话,汗气就在我的周围飘散。我还记得当时母亲笑了。遥远的喂奶的记忆,那微黑的乳房,这些印象在我心中引起很大不快。卑屈的野火似乎被一种肉体的强制力点燃,使我感到万分惊恐。母亲鬈缩的鬓发触及着我的面颊时,我看到薄暮的中庭布满苔藓的洗手钵上,一只大蜻蜓在上头歇息翅膀。夕暮的天空沉落在圆形的小小水面上,一切寂悄无声,当时的鹿苑寺宛若一座无人寺。

我终于可以面对母亲了。她笑了,莹润的唇边露出闪光的金牙。我的回答更加结结巴巴了。

“可是,我、我也许应、应征入伍,说、说不定,会、会战死的。”

“傻孩子,要是连你这样的结巴都被抓兵,日本也就完了。”

我颈项僵直,十分憎恨母亲。但是,结结巴巴说出的话,只能是遁辞。

“空袭,也许会把金阁烧掉。”

“已经到这种地步了,京都不会遭空袭了,美国人会高抬贵手的。”

……我没有回答。寺内薄暮里的中庭呈现海底的颜色,石头带着激烈决斗的姿态沉落下去。

母亲无视我的沉默,站起身来,无所顾忌地望着围绕五铺席空间的木板门,说道:

“还没到吃药石饭的时候吗？”

——回头想想，当时我和母亲面对面，给我心里带来不少影响。如果说，当时是我发觉母亲永远居住在和我不同世界的时候，那么同时也是母亲的想法强烈影响我的时候。

母亲虽然和美丽的金阁同在，但她是和金阁无缘的人种。然而，她却具有我所不知道的现实感觉。京都没有遭空袭之忧，这尽管是我梦想中所不希望的，但也可能成为事实。而且，假如金阁未来没有被炸之虞，那么，我的人生就立即失去意义，我所居住的世界就会瓦解。

另一方面，我虽然憎恶母亲出人意料的野心，但她的想法俘虏了我。父亲虽说一言未发，但他也许在和母亲一样的野心的驱使下，送我到这座佛寺来的吧？田山道诠法师是独身，要是老师自己是受先辈嘱托继承这座寺院的，那么我只要上进，就有可能被指定为老师的接班人。要是这样，金阁就是属于我的了！

我的思想迷乱了。第二野心一旦成为包袱，就立即回到第一梦想——金阁被轰炸——这梦想一旦被母亲明确的现实判断打破，就又回到第二野心。我这样胡思乱想着，结果我的脖颈上长了一个红红的大肿块。

我放置不管，肿块扩大地盘，灼热而沉重地压在后颈上，害得我无法安睡。其间，我曾梦见脖颈生出一个金光闪耀的圆圈，头颅后面全都罩在椭圆形的光圈里，越来越明亮。睁开眼一想，原来是可恶的肿块疼痛引起的。

我终于发烧躺倒了。住持带我去看外科。医生穿着国民服，打着绑腿，给这肿块起了个简单的名称，叫 Furunkel①。他舍不得用酒精消毒，只把手术刀在火上烤一下，就动手了。

我呻吟了一阵子，我感到，那个灼热而凝重的世界，在我脑袋后头，裂开来，萎缩了，变小了。……

① 德语：疮疖。

*　　*　　*　　*

战争结束了。在工厂里聆听停战诏书广播的当儿,我想到的只是金阁。

我一回到寺里,就急匆匆赶到金阁前面,这没有什么奇怪。游园路上的石子被盛夏的太阳晒得发烫,我的运动鞋低劣的胶皮底粘上一粒粒小石子。

听罢停战诏书,若是东京可以去皇宫前,可是没有一个人的京都御所,也有好多人前去哭宫。京都这时候,也有许多供哭诉的神社、佛阁。不管哪里,这一天肯定都很热闹。然而,惟独金阁寺却没有人光临。

灼热的石子路上,只有我的身影。可以说,金阁在彼岸,我在此岸。这天的金阁一眼望去,我就觉得"我们"的关系已经改变。

战败的冲击、民族的悲哀,金阁已经从中超脱出来,或者佯装超脱。到昨天为止,金阁还不是这样。从今以后,金阁已无所畏惧。这无疑使金阁恢复那种"我自古居于此,未来亦永劫于此"的表情。

内里仍是古老的金箔,外壁胡乱涂上一层盛夏阳光防护漆,金阁仿佛一件高雅而无用的道具,寂然无声。又好像放置在绿焰燃烧的森林前的百宝架,庞大而虚空。合乎这棚架尺寸的装饰物,只能是硕大无朋的香炉和广漠无边的虚无。金阁已经将这些丧失殆尽,倏忽洗去实质,莫名其妙于原地筑起一座空虚的外形。更加奇异的是,金阁常常所显示的美之中,再没有比今天看上去更加美丽的了。

金阁从我的印象,不,从现实世界超脱出来,不论何种移转和多变的因素,都与之无缘。金阁显现着未曾有的坚固之美!金阁的美拒绝所有意义,呈现着空前的辉煌。

毫不夸张地说,眼见着我的腿在发抖,额头上出了冷汗。从前,我看罢金阁回到乡里,金阁的细部和整体相互照应,鸣奏出音乐般的曲调。相比之下,如今我听到的是完全的静止、完全的悄无声息。那里没有流出,没有移转,什么也没有。金阁犹如音乐可怖的休止,犹如一切鸣响的沉默,在那里存在,在那里屹立。

"金阁和我的关系断绝了。"我想,"因此,我与金阁共居于同一世界的梦想崩溃了。此外，本来毫无指望的事态开始了，即美在彼岸、我在此岸的事态，现世只要存在就不会改变的事态。……”

战败对于我来说，不外乎这种绝望的体验。如今在我面前，出现了八月十五日火焰般的夏日之光。有人说，所有的价值崩溃了，我的内心与此相反，“永恒”在苏醒、复活，主张保有自己的权利。这“永恒”诉说着金阁在此未来永劫的道理。“永恒”自天而降，粘贴在我们的面颊、手臂和腹部，将我们埋葬。这个可诅咒的东西。……是的，在周围群山的蝉声里，在停战的那一天，我就听到了这个可诅咒的“永恒”。它把我封存在金黄的墙土里。

这天晚上，开枕读经之前，特别为祈祷陛下的安泰，为慰问战死者的灵魂，读了很长的经。自战争以来，各宗派都穿简单的圆领小袈裟，可是今夜，老师特别穿了保存很久的绯红色五条袈裟。

连皱纹深处都洗得很洁净的肥胖的脸膛儿，今日的气色格外好，一副志得意满的样子。闷热的夜晚，衣褶窸窣的摩擦声听起来很清凉。

读经之后，寺里人都被召到老师屋里，听老师讲课。老师选择的公案①是《无门关第十四则》的《南泉斩猫》。

《南泉斩猫》也见于《碧岩录》第六十三则《南泉斩猫儿》、第六十四则《赵州头戴草鞋》两则。此公案自古以难解名于佛界。

唐朝时，池州南泉山有位名僧普愿禅师，依山名叫做南泉和尚。

一天，全山僧众去割草，于闲寂的山寺里看见一只小猫。大家出于好奇，一起追捕，东西两堂互相争夺，双方都想得到此猫作为自己的宠物喂养。

南泉和尚看到这个场面，立即抓住小猫的脖子，亮一亮割草的镰刀，这样说道：

“得大众之道则得救，不得道则斩却。”

众未回答，南泉和尚一刀砍死小猫，随手扔掉。

天黑以后，高弟赵州回来了。南泉和尚讲述了事情的经过，问赵州

① 禅宗磨炼修行者心性的考试题。

有何意见。

赵州立刻脱掉脚上的鞋子，顶在脑门上出去了。

南泉和尚叹了口气说：

“咳，今天要是你在场，小猫就会得救的啊。”

——内容大体就是这样。尤其是赵州将鞋子顶在头上，这个问题以难解而著称。

但是，一经老师的讲述，就不成为多么难解的问题了。

南泉和尚斩猫，是斩断自我迷惘，斩断妄念、妄想的根源，斩断一切矛盾、对立和自我与他人的执拗。如果这叫杀人之刀，那么，赵州的表现就是活人之剑。凭着一副无限的宽容之心，将沾满污泥、遭人厌弃的破鞋顶在头上，这就实践了菩萨之道。

老师做了如此说明，便结束了讲课，一点儿没有提到日本的失败。我们都摸不着头脑，为何在战败的一天特别选了这件公案呢？丝毫也弄不明白。

回宿舍的路上，我对鹤川提出这个疑惑，鹤川摇着脑袋说：

“不知道，不过过僧堂生活是搞不懂的。但是我认为，今晚讲课的精彩之处，就是在战争失败的一天，什么也不提，单单讲了斩猫的故事。”

战争失败决不是我的不幸。然而，老师那副充满幸福的表情却使人忐忑不安。

一个寺院，通常靠着对住持的尊敬之念以维持寺里的秩序。过去的一年虽然得到他的关照，但我对老师总也产生不出深深的敬爱之情。这还不算。自从母亲煽起我的野心之后，十七岁的我，时常带着批判的眼光看着老师。

老师是公正无私的。但他的公正无私很容易使我联想到：如果我是老师，也会像他那样公正无私。老师性格中也缺乏禅僧独特的幽默，尽管他胖乎乎的体形本来就具有幽默感。

听说老师很会玩女人。想象老师那套玩法，既感到好笑，又有几分不安。女人被他桃红大面包似的身子紧紧搂住，会作何种感想呢？她一定觉得整个世界都被这桃红、柔软的肉体覆盖了，自己被埋进人肉坟墓里了。

禅僧也有色欲,这使我大惑不解。老师耽于女色,看来是为了舍弃肉体、贱视肉体吧。尽管如此,被贱视的肉体依然吸收营养,光洁莹润,包裹着老师的精神,这真叫人不可思议。犹如驯服的家畜那种温顺、谦让的肉,对于和尚的精神来说,简直就像侍妾的肉。……

对于我来说,必须谈谈战败究竟意味着什么。

战败不是解放,绝对不是解放。它是不变的、永恒的,只是融进日常之中的佛教时间的复活。

寺里的日课自战败的第二天起,又恢复原样。开定,朝课,粥座,作务,斋座,药石,开浴,开枕。……此外,因为老师严格禁止购买黑市米,只能靠施主的赈济。有时候,副司考虑我们正处于发育时期,也买些黑市米谎称是施主的赠予,沉淀在粥碗底下的只有几粒。还经常买些甘薯来。不仅早餐,中饭和晚饭也都一律吃甘薯粥。我们一直挨饿。

鹤川托老家经常寄来一些好吃的东西,半夜三更,他带着跑到我的床头一起吃。深夜的天空时常有闪电划过。

我问他,为何不回到生活富足的老家和慈爱父母的身边去呢?

"这也是修行嘛,反正我要继承父亲的寺院的。"

他似乎毫不在乎这种清苦的日子,就像筷子老老实实待在筷笼里一般。我进一步追逼他,对他说,今后一个无法想象的时代也许就要到来。当时我回忆起停战后第三天去上学时,大家谈到管理工厂的士官,把一卡车满载的物资拿回自家去了。据说士官公然表示,今后自己就去做黑市生意。

我想,那个胆大妄为、闪着残忍狡黠目光的士官,真的在向着恶突飞猛进了。在他穿着短筒靴奔跑的道路上,存在着貌似战争中死亡的犹如朝霞一般的无秩序。他胸前飘扬着白绸子头巾,盗窃的物资压弯了他的腰背,夜风抚摩着他的面颊。他以惊人的速度湮灭了。然而,在那更遥远的地方,无秩序的辉煌钟楼的钟声在轻轻回荡。……

所有这一切,我都被隔绝了。我没有钱,没有自由,没有解放。但是,当我说出"新的时代"的时候,十七岁的我,虽说还没有完全定型,但确实下定了一种决心。

"假如世界上的人用生活和行动品味罪恶，那么我将尽量深深沉潜于内心的罪恶之中。"

但是，我首先考虑的恶只是如何巧妙讨好老师，最后把金阁弄到手；或者幻想着将老师毒死，然后取而代之。这只是一种糊涂的美梦。当我弄清楚鹤川没有这番野心之后，这个计划甚至成为我良心的慰藉。

"你对未来没有任何不安和希望吗？"

"没有，一点儿也没有。即便有又能怎么样呢？"

鹤川回答，语调里丝毫不见一点阴郁和气馁的影子。这时，闪电照亮了他脸上惟一纤细的部分——细密而舒缓的眉毛。看来，鹤川按照理发师的意思，叫他把眼眉上下都剃光了。因此，细细的眉毛愈加显得人工般的纤细，眉梢隐约看到一部分青色的剃痕。

我瞥了一下那剃痕，感到不安起来。这少年和我等不一样，生命在纯洁的末端燃烧，燃烧前，未来一直在这里掩藏。未来的灯芯一直浸在透明、清凉的灯油里。假若未来只留下纯洁和无垢，谁还有必要预见自己的纯洁和无垢呢？

……当晚，鹤川回到自己房间后，郁闷的残暑热得我睡不好觉。还有，抵制手淫的心情也使我不得安眠。

我有时会发生梦遗。这也并非有什么色欲的影像，例如梦见黑暗的街头有一只狗在奔跑，伸着火红的舌头喘气，狗脖子上的铃铛频频作响，这时我就异常兴奋。每当那铃声发出最大响声时，我就一股一股射精了。

手淫时我有一种地狱似的幻想。有为子的乳房出现了，有为子的大腿出现了。而且，我变成了一条无比渺小的丑陋的小虫。

——我踢开被窝起来，悄悄溜出小书院的后门。

鹿苑寺后面，由夕佳亭附近再向东走，有座山叫不动山。红松覆盖着山腹，松树中夹杂着茂盛的小竹子，生长着水晶花、山杜鹃等灌木。这座山上的道路我很熟悉，夜间登山也不至于跌跤。到了山顶，可以望见上京、中京，以及远方的睿山和大文字山。

我开始登山，受惊的宿鸟扑剌剌的振翅声也未能分散注意力，我分开树丛向上攀登。这次登山心中什么也不想，立即感到自己得到了治愈。到达山顶，凉风习习，吹拂着汗湿的身子。

眼下的景观使我怀疑自己的眼睛。长期以来的灯火管制解除了，京都市灯火通明，一望无垠。战后的夜晚，我一次也未登过这座山，这光景对我来说简直是个奇迹。灯光形成一个立体，平面上散散落落的灯火，失去了远近感，仿佛一座纯粹由灯光组合而成的通体透明的大型建筑，生出无数尖角，扩展开翼楼，矗立于夜的中央。这才叫都市啊！惟有御所的森林没有灯光，好像一个大黑洞。

对面从睿山的一角到黑暗的夜空，时时闪现着电光。

“这是俗世。”我想，“战争结束了，灯光下人们为邪恶之念所驱使。众多男女在灯光里面对面互相凝视，立即嗅到扑鼻而来的死亡行为的气味。这无数的灯皆是邪恶的灯，一想到这个我的心里就得到安慰。请吧，请让我心中的邪恶无限繁殖，大放光芒，和眼前繁华的灯火保持一一映照吧！请让包容邪恶的我心中的黑暗，和包容无数灯火的夜的黑暗，等量奇观吧！”

*　　*　　*　　*

游览金阁的人大大增多起来。为了顺应通货膨胀，经老师向市里申请，门票涨价获得了批准。

以往，金阁的游客只有三三两两身着戎装，或者穿工作服和扎裤腿的规矩人。不久，占领军来了，现世浮糜的风俗凝聚于金阁的周围。另一方面，献茶的习惯又复活了，女人们穿上藏来藏去的华丽的衣衫来登金阁。在游客眼里，我们这一身僧衣形成鲜明的对照，仿佛我们扮演着闹事花和尚的角色；又像专为到某地看稀奇的游客、故意固守当地珍奇风景的居民。……尤其是美国兵，毫不客气地拉住我的僧衣袖子取笑。有的拿出一些钱，说要借僧衣照纪念相片。这还不算，因为有时缺少英语翻译，鹤川和我能诌几句英语，经常被拉去做导游。

战后第一个冬天。一个星期五的晚上下起雪来，星期六也没有停止。去学校上课,中午回家来,欣赏了雪中的金阁。

午后雪依然在下着,我穿上长筒靴,挎着书包,沿着游园路走到镜湖畔。大雪纷纷扬扬,今天我又学着孩子时代经常做的样子,对着天空张开大嘴。雪片像极薄的锡箔,似乎瑟瑟发出声响,撞在我的牙齿上,飞入我温暖的口腔里,无限地散开来,在我的鲜红的肌肉上浸润着,消融了。此刻,我联想到究竟顶上凤凰的嘴,想起那金色的怪鸟莹润而温热的尖喙。

雪使我们重温少年时候的心情。即使过了年我才十八岁。我感到体内有着少年的冲动,这难道是假的吗?

包裹在雪里的金阁之美是无与伦比的。这玲珑剔透的建筑立于雪中,任凭雪片扑入,它依旧细柱林立、肌肤清寒地站在雪地里。

为何雪不结巴呢?我想。有时,雪落下来,搪在八角金盘的叶子上,就像口吃了一下,再掉在地上。可是,当我沐浴在那毫无遮挡、痛快淋漓、漫天而降的大雪里的时候,我就忘记了内心的扭曲,犹如沐浴在音乐之中,我的精神从而恢复了严整的律动。

事实上,由于下雪,立体的金阁才成为与世无争的平面的金阁,画中的金阁。两岸红叶山上的枯枝,几乎支撑不住雪花,树林显得比平时更加裸露。而各处松树枝上,积雪团团,景观壮丽。池水结冰的表面积雪更厚,奇怪的是有些地方没有积雪,银白的大斑点像是装饰画上大胆勾勒的云朵。九山八海石、淡路岛,和池面上的雪联成一气,茂密的小松树,看上去,宛若偶然凸显于冰雪原野的中央。

无人居住的金阁,除了究竟顶和潮音洞两片屋脊,再加上漱清小屋脊,三者凸显着雪白的部分之外,灰暗、复杂的木质结构在雪中反而浮现出更清晰的黑色。我们在观看南画时,总爱把脸凑过去,瞅瞅那山中楼阁有没有住人。金阁古老黝黑的光洁的木纹,也诱使着我想窥探一下其中是否也住着人。但是,我的脸即使想靠近,定会触及寒冷的雪的绢绘,无法再进一步接近了。

今天,究竟顶的门扉向雪空敞开。我仰望着那里,心中仿佛看到,飘落的雪花一片片在究竟顶空无一物的小空间里飞旋,不久就落在壁面古旧的金箔上,气绝了,凝结成金色的小露珠。

……翌日星期天早晨，看门的老人来叫我了。

原来开门之前，有个外国兵要来参观。看门老人示意叫他等等，就跑来喊我这个"懂英语"的人。说来也怪，我的英语居然比鹤川还流利，一说起英语也不结巴了。

大门外停着吉普车，一个烂醉如泥的美国兵扶着门口的柱子，俯视着我，发出轻蔑的笑声。

晴雪后的前院，阳光炫目。那青年背对着太阳，油光满面，精神抖擞，对着我喘粗气，白色的水雾含着威士忌的酒气，直冲我的脸喷来。虽说这也很平常，但面对这个人高马大的士兵，想象他心中涌动着的感情，还是使我有些不安。

我决定毫无违抗地照他的要求办。我说现在还没开门，这是特殊照顾，向他要门票钱和导游费。没想到，这个巨人醉汉老老实实照付了。其后，他瞅了一眼吉普车，说了声"下来吧"。

雪光的反射令人眼花缭乱，吉普车里一团黑暗，看不清车内有什么。只见车篷边的采光镜里，晃动着一个白色的东西，看起来像兔子。

一只穿着高跟鞋的细腿，伸向吉普车的踏板。这么冷的天却光着脚，真叫我吃惊。我一眼看出，这女人是专门为外国兵服务的妓女。她穿着猩红的外套，脚趾甲和手指甲都一律染得鲜红。外套衣裾摆动时，露出脏污的毛巾睡衣。女人也是一样的醉眼蒙眬。但男人却是一身笔挺的军装，看样子，那女子刚睡醒，连睡衣也没换，就急急忙忙披着外套、围上围巾赶来了。

在雪光的映照下，女人的脸更加惨白，肌肤似乎没有一点儿血色。反衬得那浮现在嘴唇上口红也了无生气。女人一下车，打了个喷嚏，鼻梁上聚起细细的皱纹。她的疲惫的醉眼向远处一瞥，随后又沉滞、黯淡下来。接着，就呼喊那男人的名字，她把"杰克"叫成"夹克"。

"夹——克，兹·考尔德！兹·考尔德！"

女人哀切的声音在雪地上滚动。男人没有回答。

我第一次觉得这个做皮肉生意的女子很美，这并非因为她长得像有为子。她倒像是一笔一画仔细斟酌着绘制的肖像，处处力求和有为子不一样。不知怎的,这幅肖像仿佛执意违扰我对有为子的记忆,带有一种反叛的新鲜的美丽。这是因为,这女子对于我最初感到人生的美之后的官能反叛中,又含有一种媚态的因素。

这女子有一点是和有为子共同的,就是对这个不穿僧衣、只穿脏污的便服和长筒靴的我,看都不看一眼。

那天一早,寺里总动员,好容易清除了游园道上的积雪,扫出一条小径,可以供一列游客通行,但要是遇到团体客就麻烦了。我领着美国兵和那女子踏上了这条小道。

美国兵来到池畔视野开阔的地方,摆开架势莫名其妙地叫喊、欢呼起来。他粗鲁地摇晃着女人的身子,女人皱起眉头,只说了句:

"哦,夹——克,兹·考尔德!"

美国兵来到被积雪压弯枝条的树荫里,看见绿树上红光闪耀的果子,问我是什么。我只回答他是"绿树"。也许他是个和那副庞大的身躯极不相称的抒情诗人,可是那清澄的蓝眼睛里却藏着残酷。在《鹅妈妈》这首童谣里,故意把黑眼睛唱成是不怀好意的,残酷的。看来,人们总是借着异国人做一番残酷的梦。

我按惯例陪他们看了金阁。这个喝得烂醉的美国兵,摇摇晃晃随意甩掉了鞋子。我用冻僵的手从口袋里掏出说明书,这是用英文写的,专门对付这种场合。可是美国兵从旁一把夺过去,阴阳怪气地读起来,用不着我导游了。

我背靠着法水院的栏杆,望着阳光普照的池面。金阁里面被映射得一片透明,这样的金阁最令人感到不安。

在我不注意的当儿,那对男女向漱清那边走去,半路上发生了口角。两人吵得越来越厉害,可我一句也没听懂。女的言辞激烈加以反驳,不知说的是英语还是日语。他们吵着吵着,忘记了我的存在,又折回法水院这里来了。

美国兵伸着头叫骂,女子照准他的面颊狠狠打了个耳光,转身就逃,她穿上高跟鞋,顺游园路直向大门奔去。

我不知出了什么事,下了金阁沿着池畔跑着,当我追上女人的时候,长腿的美国兵已经赶上来,抓住女子猩红外套的前襟。

青年朝我睃了一眼,紧紧揪住女子鲜红前胸的手,轻轻松开了。但是,那只松开的手所蓄积的力量,看来非比寻常。女人仰面朝天摔倒在雪地上,猩红的衣裾翻了过去,雪上摊开着细白的大腿。

女人没有马上起来,从下头直瞪着高入云表的男子的眼睛。我不得已蹲下去,想扶起那女子。

"喂!"美国兵叫了一声,我回头一看,他已经叉着两脚站到我眼前来了。他招了招手,突然用极其柔和的语调对我说了句英语:

"踩,你踩她!"

我不知到底为了什么,然而他的蓝眼睛从高处发出了命令。他的宽大的肩膀后头,戴雪的金阁闪闪发光,一碧如洗的冬日的天空晶莹、温润。他的青春的眼神一点儿也不残酷。刹那之间,我感到那眼睛对整个世界的人也是抒情的。这到底为什么?

他垂下肥硕的手,抓住我的领口,叫我站起来。不过,他的声音依然那样温柔,亲切。

"踩,踩呀。"

很难违抗,于是我抬起了脚。美国兵拍拍我的肩膀,我落下脚,踏在春泥般柔软的东西上。那是女人的腹部。女子闭着眼睛呻吟。

"再踩,再用力踩。"

我踩了,第一次踩下去的异样感,到了第二次就变成了爆发性的喜悦。这就是女人的肚子,我想。这就是胸,我又想。别人的肉体,原来就像皮球似的富有实实在在的弹力,这种体验真是出乎意料。

"好啦。"美国兵明确地说。接着,他小心翼翼把女子抱起来,为她掸掉泥雪,然后,也没朝我回头,从前头支撑着女子的身体走了。自始至终,那女人一直没有瞥我一眼。

来到吉普车旁边,他让女人先上车。美国兵酒醒了,他带着严肃的神情向我说了声"谢谢"。他要给我钱,我没要。他从坐席上拿出两条美国香烟,塞到我的手里。

我站在大门口雪光的反照下,面颊发热。吉普车卷起雪雾,摇摇晃晃地走远了。吉普车看不见了。我的肉体越发兴奋了。

……兴奋好容易平静下来，我心里又浮现一个伪善的喜悦的企图。喜欢抽烟的老师该会如何高兴地接受这份礼物啊！他什么也不知道。一切都没必要袒露真情。我只不过是被人指使、被人强迫干的。要是我反抗，自己真不知道会吃多大苦头呢。

我到大书院老师的住处去。手艺高强的副司，正在为老师剃头。我站在阳光灿烂的廊缘上等着。

院子里的陆舟松将积雪映衬得光洁耀眼，宛若一枚刚折叠的崭新的船帆。剃头时，老师闭着眼睛，两手捧着一张纸接掉下的头发。剃着剃着，那头颅渐渐露出动物一般清晰的轮廓。剃完头，副司用热手巾将老师的头包起来，过一会儿又揭开。手巾下面仿佛是一个刚刚生下、并煮出来的热乎乎的大脑瓜。

我很吃力地说明来意，将两条切司特菲尔德香烟呈上，叩了头。

“喔，真难为你啦。”

老师的脸边倏忽掠过一丝微笑，没再说什么。两条香烟经过老师的手，随便摞在堆满书籍和信札的办公桌上了。

副司开始揉肩，老师又重新闭上眼睛。

我只好退下来。不满的情绪使我浑身燥热。自己不可理解的恶行、意外获得的奖赏——香烟，以及对这些毫无所知、稀里糊涂收下的老师……这一系列关联的事件中，还应该有更戏剧化、更痛烈的场面发生啊！对这一切，这位老师却浑然不晓，这又给我一个瞧不起他的重要理由。

但是，我刚想走出来，老师叫住了我。原来这时候，他正琢磨给我些恩典。

“你呀，”老师说，“一毕业，我就送你去上大谷大学。我想，你死去的父亲一定很记挂着你。你可要用功读书，以优秀的成绩报考大学。”

——这条新闻通过副司的口立即传遍整个寺院。老师说要我上大学，这是我受到无比器重的证明。我曾听到过无数遍这样的传说，过去的学徒为了获得上大学的机会，要到住持屋里住一百天，给住持揉肩。只有这样才能如愿以偿。靠家庭供给得以上大谷大学的鹤川，高兴地不住拍打我的肩膀。另一个没有得到老师任何照顾的徒弟，竟然从此不理我了。

第 四 章

不久，昭和二十二年春，我进入大谷大学预科时，看起来，仿佛是在老师始终不渝的慈爱和同僚们的羡慕中，得意扬扬走进课堂的。然而并非如此。别人也许这么看，但是想想能进大学，还是有些难以启齿的事情。

一个雪天的早晨，也就是老师许诺我升大学一个星期之后，我一放学回来，那位在升大学上一直没有受到老师照顾的徒弟，用一副兴高采烈的神情看着我。以前，这小子是根本不睬我的。

寺里男仆的态度和副司的态度，比起寻常都有些异样，但表面却装得与平时没什么不同。

当晚，我去鹤川的宿舍，告诉他庙里人态度都很可疑。起初，鹤川和我一样感到不解，可是一向不会伪装感情的他，不久就带着不安的神情紧紧盯着我。

"我呀，从那小子，"鹤川举出一个徒弟的名字，"我是从那小子嘴里听说的。不过，他当时也上学去了，不知道。……总之，你不在时，发生了一件蹊跷事。"

我的心突突直跳，问他到底什么事。鹤川要我发誓严守秘密，一边瞅着我的脸叙说着。

原来，那天下午，一个身穿猩红外套、专门为外国人服务的妓女来到寺院，要求面见住持。副司代表住持来到大门口。那女子大骂副司，不管怎么说，一定要见住持。正巧，这时老师经过回廊向这里走来，他看见女子的身影，就走向门口。据女人说，一周前晴雪的那个早晨，她和一个美国兵来游金阁，被美国兵推倒在地上，庙里的小和尚为了讨好外国人，用脚踩女子的肚子。当晚，她就流产了。所以，她要求赔偿，要是不给，就将鹿苑寺的丑行公布于世，闹他个满城风雨。

老师没说什么，给她些钱，打发那女子回去了。老师明明知道当天的导游只有我一个，因为没有人亲眼看见我的恶行，所以老师说，决不可让我知道这件事。老师一概不予置理。

但是，寺里的人听副司说起这事，都咬定是我干的。鹤川几乎掉泪了，他拉住我的手，一双透明的眼神直逼着我，他那少年般纯真的语调打动了我：

“那件事真是你干的?”

……我直面自己灰暗的感情，这是鹤川以急迫的追问逼使我正面对待的。

鹤川为什么要问我这件事，是出于友谊吗? 他知道不知道，他这样问我，就等于放弃自己的责任? 他应该明白，由于他的一再追问，就会彻底背叛我。

我不止一次说过，鹤川是我的实像。……鹤川要是忠于自己的职责，就不应当如此追逼我，什么也别问，只管将我灰暗的感情原原本本翻拍成明朗的感情就行了。那时，谎言就变成真实，真实就成为谎言。鹤川生来的本领，就是将一切阴影变成光明，将一切暗夜变成白昼，将一切月光变成阳光，将一切夜晚阴湿的苔藓，变成白天随风飘举的闪亮的绿叶。要是他能这样做，那么哪怕口吃，也要忏悔一切。然而，这时候，仅仅限于这个时候，他没有这么做。因此，我的灰暗的感情获得了动力。……

我暧昧地笑了。没有火气的寺庙的深夜。寒冷的膝盖。几根古朴而粗大的柱子巍然矗立，包围着窃窃低语的我们。

我战栗着，恐怕因为寒冷的缘故。可是，我第一次公然对这位朋友撒谎的快乐，足以使我穿着睡衣的膝头抖动不已了。

“我什么也没干。”

“是吗? 那么，那女子说谎来了。畜生，副司竟然也相信了她。”

他的正义感渐次高扬起来，他神情激昂地说，明天他就要到老师那里替我说个明白。这时，我心里立即浮现老师那个新剃的像煮熟的冬瓜一样的光头，还有那桃红色的毫无弹性的面颊。不知何故，我对这种印象突然感到十分厌恶。趁着鹤川的正义感尚未发泄，我必须亲自动手将他这种行为埋进土里。

“但是，老师果真会相信是我干的吗？”

“这个——”鹤川的想法一下子穷于应付了。

“不论别人说什么坏话，只要老师默不作声，只管放心好了。我就是这个想法。”

接着，我这样开导鹤川：他的申辩反而会加深大伙对我的猜疑，别的起不了什么作用。只要老师一个人相信我无辜，一切都可以不闻不问。我对鹤川说话的当儿，心里早已涌现了喜悦，这喜悦渐渐巩固了根基。即“没有目击者，没有证人”的喜悦。……

其实，我并不相信惟独老师认定我无辜，不如说完全相反。老师一概不闻不问，反而证明了我的推测。说不定老师从我手里接过两条切司特菲尔德香烟时，就已经洞察一切。之所以不闻不问，只不过从远处一直等待我自动的忏悔罢了。不仅如此，他以升大学为诱饵，作为我忏悔的交换条件，假如我不忏悔，就用停止入学作为对我不老实的处罚，要是我忏悔了，等我有了确实改悔的表现之后，给予特别恩典，答应我上大学。而且，最大的圈套就是老师叫副司不要告诉我这件事，如果我真的无辜，我就会毫无所感、一无所知地度过每一天。另一方面，假如我真干了坏事，而且我多少有点儿智慧的话，我就会完全模仿无辜时候的我所度过的那些纯洁而沉默的日子，也就是决无忏悔必要的日子。对呀，只要模仿就行，这是最好的办法，是表明我一身清白的惟一道路。老师这样暗示我，这个圈套算是把我套住了。……想到这里，我怒不可遏。

我也不是没有辩解的余地。我如果不踩那女子，美国兵也许会掏出手枪一枪把我崩了。我不能和占领军作对，我一切都是被强迫的。

然而，我的长筒靴底面所感触的女人的腹部，那媚人的弹力，那呻吟，那被压挤着的花开一般的肉感，那种感觉中的迷惘，以及当时从女人身上流贯到我身上来的微细的闪电般的颤抖……所有这些，都不是被强迫尝到的。至今,我依然无法忘记那甘美的一瞬。

老师知道我感觉的核心,那无比甜蜜的核心!

此后一年,我像被关进笼子的小鸟,笼子时时在我的眼前闪现。我拿定主意决不忏悔,可是我每天都不得安心。

说来奇怪,当时我踩女人的肚子,一点儿也不觉得是犯罪行为,但在事后的记忆中,这件事却渐渐生出了光辉。这感觉不仅是在听到女子流产的结果之后,那种行为如金沙一般沉淀在我的记忆之中,永远放射出耀眼的光芒。这是罪恶之光,是的,尽管这罪恶细如牛毛,但明显的犯罪意识总是挥之不去。它像勋章一样挂在我的心里。

……我面对事实,大谷大学入学考试之前这段时间,我一直努力揣摸老师的意图,其他别无良策。老师一次也没有推翻升学的许诺,但也没有督促我抓紧准备以迎接考试。不论哪种结果,我多么希望听到老师的一句话啊!可是老师却故意耍坏心眼儿,保持沉默,用长久的时间来惩罚我。我也不知道是出于害怕还是出于对抗,关于升学问题,也很难再探听老师的意向了。从前,我像其他人一样抱着敬意,有时也用批判的眼光看待的老师,如今在我眼里,渐渐变成一只庞大的怪物,不再是个通人性的人了。可是,我多次转移视线,他总是无处不在,宛如一座奇怪的城堡巍然耸峙。

晚秋的一日,老师应邀为一位老施主的葬礼做法事,到那里要乘两个小时的电车。头天晚上,就打了招呼,说好早晨五点半出发,副司一起去。我们四点钟起床,打扫,准备早饭,以保证老师准时出门。

副司在照顾老师这段时间里,我们起来之后就上朝课,诵经。

寒冷的厨房里传来了吊桶咯吱咯吱汲水的声响。寺里的人忙着洗脸。后院的鸡鸣撕破暮秋黎明前的黑暗,听起来那么清澄,嘹亮。天色微明,我们缩紧法衣的袖口,急匆匆赶往配殿的佛堂。

这里是铺着铺席、无人居住的宽阔空间,伫立于黎明前的冷气里,感到肌肤阵阵寒凉。烛台上烛火摇曳,我们举行三拜之后,站着叩头,伴随钲声再坐下叩头,如此反复三次。

朝课诵经的时候,我总是由那合唱的男声中感受到一股生龙活虎之气。一天里，朝课的诵经声最响亮，这种声音的强度驱散了整夜的妄念，仿佛从声带里一阵阵迸发出黑色的飞沫。我自己虽然弄不清楚，但我感到我的声音同样能驱散自己身上男人的污秽。这种感觉奇妙地给了我勇气。

我们开始“粥座”前，老师出发的时间到了。寺里的人在大门口列队送行，这是既定的规矩。

天还没有大亮，空中繁星满眼。通往山门的石子路在星光照耀下，白花花地伸展着。高大的栎树、梅树和松影映在地面上，互相交汇融和。我穿着带有破洞的毛衣，胳膊肘儿感受着清晨寒冷的空气。

一切都在无言中进行，我们默默低着头。老师几乎没有什么回应。老师和副司的木屐声，在石子路上咯噔咯噔的响声，离我们越去越远。按照禅家的礼仪，这种送行要等他们的身影完全看不见为止。

从远处看，已经不是背影的全部，只能看到僧衣洁白的衣裾和白布袜子。有时会什么也看不见，那是被树影挡住的缘故。树影对面，又出现了洁白的衣裾和白布袜子，脚步声听起来反而更加响亮。

我们凝然不动，一直目送着，等两个人出了大门，完全消失了踪影才作罢。这种送行的时间实在太长了。

这时，我体内产生了异样的冲动，如同满心重要的话语被口吃妨碍着一时难于迸发，这冲动只是在喉咙管里燃烧。我想寻求解脱。母亲曾经暗示过我，要我继承住持的职务，不要说这种愿望，就连进大学的愿望，这时也没有了。我巴望从默默地统治我、君临于我头顶的束缚之中逃逸出来。

这时候，不能说我没有勇气。我了解一个告白者的勇气！二十年来，我默默无闻地活过来了，我明白告白的价值。这能说我莽撞吗？对抗老师的无言、坚持不告白的我、也想试验一下“作恶是否可能”。如果我始终不忏悔，哪怕一件小小的恶事，也就使得作恶成为可能。

然而，当我看到，老师洁白的衣裾和白布袜子一边在树荫里隐隐约约，一边在黎明的晦暗里渐去渐远，我的喉咙管里燃烧的力量，几乎变得更加难于控制了。我想将一切袒露出来。我想追上老师，拽住他的衣袖，将雪天里发生的事一一大声对他说明。这决非出于对老师的尊敬才打算这样做的，老师的力量对于我来说，好似一种强大的物理性的力量。

……不过，假如坦白了，我的人生中最初的小小恶行也会消解，这种想法阻止了我，像一种力量，从背后又把我硬拉回去。老师的姿影钻出大门，消失在微明的天空下面。

众人蓦地获得了解放，吵吵嚷嚷跑进门来。我茫然地站在那里，鹤川拍拍我的肩膀。我的肩膀醒过来了，这副瘦骨嶙峋的肩膀又还原为矜持。

* * * *

虽然有着这段经过，但如前面所述，结果我还是进了大谷大学。没有忏悔。自那天以后又过了几天，老师把我和鹤川招去，说了几句话。他要我们准备应考，为了迎接升学考试，免除我们的杂务。

就这样，我上了大学，但也不是一切都完事了。老师这次什么也没说，关于继承人一事，还是摸不透他的意图。

大谷大学。这里是我一生中选择思想，并亲近我所选取的思想的地方，是我人生中的转折之处。

这所大学是三百年前创立的，宽文五年筑紫观世音寺的大学寮，迁移至京都枳壳宅邸，便是此大学的起始。在很长一段时期，原是大谷派本愿寺子弟的修道院，到了本愿寺第十五世常如宗主的时代，浪华的门徒高木宗贤，喜舍净财，占卜洛北乌丸头这块地，创立该大学。占地面积一万二千七百坪，作为大学实在不算大。但是，不仅大谷派，各宗派青年都到这里学习，专修佛教哲学基础知识。

古老的砖瓦大门，将电车线路和学校运动场隔开，面向绵亘西边天空的比睿山。一进校门，就是一条石子路，通向主楼前边的圆形小花园。主楼是一幢古老而陈旧的红砖二层楼房。门楼屋脊上耸峙着一座青铜钟楼。虽说钟楼，但没有钟，表盘上也没有表针。因而，这座钟楼在纤细的避雷针保护下，以空洞的方窗，徒然切割着一块蓝天。

大门一侧，有一棵树龄很老的菩提树，那一团庄严的绿叶，在太阳下面，映现出古铜色。校舍围绕主楼不断扩建，杂然毗连开去，许多都是古旧的木质平房。校内禁止穿鞋，每幢楼房之间有回廊连接，地面铺着破损的席子，绵延无尽。仿佛一时心血来潮，只是把席子的破洞修补了一下，其余照旧。因此，由一幢大楼到另一幢大楼，脚下不断踩着呈现新旧两种木纹色、各种浓淡相异的装饰画。

就像任何一所学校的新生一样，我每天怀着新鲜的心情去上学，心中思绪万端。熟人只有鹤川一个，能说说话的人也只有鹤川。所以，连鹤川也似乎觉得，这样下去就失去跨入新世界的意义。几天后，我们利用假期有意分开，各自试着去开拓新的友谊。但是，口吃的我缺乏这样的勇气，随着鹤川朋友的增多，我越来越孤独了。大学预科一年级共有十门课程：修身、国语、汉文、汉语、英语、历史、佛典、逻辑、数学和体操。逻辑课一开始就使我感到苦恼。有一天，上完课的午休时间，我带着两三个问题去请教我信得过的一位同学。

这位同学总是孤零零一个人，坐在后院画坛旁边吃盒饭。这习惯似乎成为一种仪式，他的颇不雅观的吃相也很令人讨厌，所以谁也不到他身边去。看起来，他和同学也不来往，拒绝结交朋友。

我知道他姓柏木。柏木最显著的特点，就是双脚皆为明显的内翻足，走起路来动作僵硬，仿佛一直在泥泞中挣扎。左脚好容易拔出污泥，右脚又陷了进去。步行起来全身跳跃，宛如一种夸张的舞蹈，完全不合乎常态。

入学当初，我就注意柏木，这不是没有原因的。他的残疾令我放心。他的内翻足从一开始就意味着同我的条件和谐一致。

柏木坐在后院三叶草的空地上，打开了饭盒。空手道部和乒乓球部几乎都是没有玻璃窗的破败的废屋，面对后院。这里生长着五六棵瘦弱的松树，还有一个空无一物的小小温床架，上面涂着的蓝漆已经剥落，毛糙糙的，像干枯的假花卷缩着。旁边放着一只两三段的盆景架，还有一堆瓦砾，一个长满风信子和樱草的花圃。

坐在三叶草上很舒服。阳光被柔软的草叶吸收了，布满细细阴影的草地，仿佛从地面上飘浮起来了。坐着的柏木和行走时大不一样，变成一个无异于常人的学生。不仅如此，他的白皙的脸膛儿，有一种险峻的美。肉体上的残疾者,往往具有美女般无可比拟的美丽。残疾人和美貌女子都是疲于被观看、厌恶被展示的一类人。他们被追踪,又以自己的存在回观他人。能看就是胜利。吃着盒饭的柏木低着头,我觉得,他的眼睛早已看遍了自己周围的世界。

在阳光里,他已经知足。这个印象打动了我。沐浴于春光和花丛之中,他没有我所感觉的那种羞愧和内疚,只要看他的姿态就会明白。他心中的影像就是他实际的人的影像。毫无疑问,阳光无法由皮肤渗入他那结实的肌体。

那份使他埋头大嚼的盒饭,饭菜质量低劣,但也不次于早晨典座时我自备的盒饭。昭和二十二年,那个时代,不吃黑市粮就无法摄取营养。

我拿着笔记簿和盒饭走到他身旁。我的身影遮住了他的饭盒,柏木抬头瞟了我一眼,随后又低下头来。他嘴里发出蚕食桑叶般的单调的咀嚼声。

"对、对不起,刚才上课,我、我有的地、地方弄、弄不懂,想请、请教一下。"

我的标准语说得结结巴巴,进了大学,我想用标准语说话。

"都说些什么呀?俺听不明白,结结巴巴的。"

他突然回我这么一句。我的脸泛起红潮。他舔着筷子,滔滔不绝地说道:

"俺很清楚你为什么找俺说话。你姓沟口,对吗?咱们都是一个轱辘,交个朋友也不错。不过,比起俺来,你更看重自己的结巴,是吧?你太在乎你自己了。所以,就像对你自己一样,也太在乎结巴啦。"

后来我知道他也是临济宗禅家的儿子。我明白,第一次交谈中他多少想表现一下禅僧的做派。尽管如此,他当时还是给我留下了强烈的印象,这一点无可否认。

"结巴!结巴!"

柏木冲着不能连续说上两句话的我,调侃起来。

"你呀,终于碰到一个可以使你放心地结巴的对象了,不是吗?人们同样都在寻求合适的对象。不说这些,俺问你,你还是个童子身吗?”

我没笑,只是点点头。柏木提问的方式类似医生,他使我像患者一样,为了自己的健康决不撒谎。

“俺猜也是,你还是个童男,可是你这个童男一点儿也不出色。既得不到女人的欢心,又不敢去逛窑子。干巴巴守着个童子身。但是,你如果找俺作为你的童贞朋友,那就大错特错喽。你知道俺是怎么摆脱童贞的?要不要说出来听听?”

没等我回答,柏木就打开了话匣子。

……

……

俺是三宫市近郊禅寺的孩子,是天生的内翻足。……俺这样开始坦白,也许你会以为俺是个可怜的病人,不管见了谁,都要把自己的身世讲上一通。其实,俺也不是不择对象随便乱说的主儿。俺自己也很难为情,一开始,就把你选作能说说知心话的对象。因为俺觉得,自己的经验或许对你最有用处,只要照俺做的办,这就是最好的一条路径。想必你也知道,宗教家就是这样嗅到自己的信徒,禁酒者就是这样嗅出自己的同伙。

是的,俺对自己生存的条件感到羞愧。俺以为,同这种条件达到和解、彼此相安无事地生活是一种失败。要说怨恨,俺有无数的怨恨。俺小时候,父母就应该给俺做矫正手术,现在一切都晚了。可是,俺对父母毫不关心,更懒得去怨恨他们了。

俺确信,自己绝对讨不了女人的欢心。也许你也清楚,比起别人的想象来,这是一种安乐、和平的确信。这种确信和不同自己存在条件和解的决心,不一定产生矛盾。为什么呢?因为,俺如果相信保持现状也能被女人爱上,这就等于跟自己存在的条件实行和解。俺知道,正确判断现实的勇气,同这种判断作斗争的勇气,两者容易相互融和。即便坐着不动,心里也觉得是在战斗。

俺这种样子,当然需要警惕,不能像朋友干的那样,被烟花女子毁了童贞。因为烟花女子接客不是因为爱上客人,哪怕老人、乞丐、独眼龙、美男子,甚至身份不明的麻风病人,都一视同仁。平常人满足于这种平等性,花钱买没有破身的女子。但俺对这种平等根本不予理睬,一个健全的男子和俺这号人,都以同样的资格受到欢迎,俺对这一点实在受不了。俺以为,这是对自己可怕的亵渎。俺的内翻足这个条件如果被放过、被无视,俺也就等于不存在了,就会和你一样,被当下的恐怖所征服。为了使人们全面承认俺的条件,俺必须比普通人付出好几倍豪奢的谋划和运筹。俺以为,无论如何,人生本来就是如此。

我们处于同世界对立的状态,这种可怕的不满需要通过世界和我们某一方的变化获得治愈。但是,俺憎恶期望变化的美梦,讨厌不着边际的幻想。不过,如果世界变了,俺就不存在;俺变了,世界也就不存在,这种近乎讲死理的自信,却类似一种和解,一种融汇。因为,一个原本的俺不为所爱,这种认识和世界不能共存。而且,残疾人最后陷入的圈套,不是对立状态的解消,而是对立状态得到全面的承认。于是,残疾就成了不治之症。……

这时候,俺正处在青春期(俺也冠冕堂皇地用了这个词儿),在俺身上发生一件难以置信的事情。有个施主家的女儿,生得美丽动人,远近闻名,神户女校毕业,家里又很有钱。谁知有一次,这女子突然对俺表达爱意。老半天,俺都不敢相信自己的耳朵。

由于不幸,俺能一眼看穿人们的心理。俺不会简单地把她的爱的动机看作是出于同情,而对我曲意奉迎。因为俺一百个清楚,她的爱不可能光是出于同情。照俺的猜测,她的爱来自一种不寻常的自尊心。她作为女人,深知自己美貌无价,因而无法接受那些满怀自信的求爱者。她不能将自己的自尊心和求爱者的高傲放在一个天平上。她厌恶所谓良缘。所以,她终于排除爱情中的一切均衡,以求得洁身自好(在这一点上,她是诚实的),于是,她对俺投以青睐。

俺回答得很自然。不怕你笑话,俺对那女子说:“俺不爱你。”除此之外,还能说些什么呢?这回答很老实,也毫无炫耀之意。对于女子的表白,要是俺也奇货可居地回答:“俺也爱你。”那就显得过于滑稽,近乎悲剧了。一个外形奇矫的男人,深知如何巧妙避免人家错误地把自己看成是悲剧的人物,因为他明白,如果被看成是悲剧性的,人们就不会放心地同自己接触。要想使人不把自己看得很可怜,最要紧的是触及她的灵魂。所以,俺干脆回她一句:"俺不爱你。"

女子毫不退让,以为俺在骗她。接着,她为了不伤害俺的自尊心,看来在小心翼翼企图说服俺。对她来说,竟有男人不爱她,这是她没想到的。即使有,他也是在伪装自己。于是,她对俺进行一番精密的分析,终于认定俺很早就爱上了她。她很聪明。假定她真的爱俺,那就是爱上了一个令人手足无措的男人。要是把俺不美的面孔硬说成美,就会激怒俺,说俺的内翻足是美,更会使俺恼火,要是说爱的不是俺的外表,而是内在,那就将会使俺暴跳如雷。她深知这一点,所以,只是一个劲儿说爱俺。就这样,通过对俺的心理分析,找出与之对应的感情。

俺对这种不合理做法很难接受。其实,俺的欲望虽说渐渐强烈起来,但这种欲望并非是想同她结合。她如果不爱别人单爱俺,总得找出个特殊理由将俺和别人区分开来。那只能是内翻足。因此,她嘴里虽不说,但爱的只能是俺的内翻足,这种爱在俺看来是不可能实现的。假如爱的不是内翻足而是其他,那么爱也许是可能的。但是,如果俺承认除内翻足以外俺的个别性是俺的存在理由,那么,就等于俺承认这是一种补充性的因素,接着也就会承认他人的存在理由以作为补充,以至于承认包裹于世界中的自我。爱就不可能存在。以为她爱俺,那是一种错觉,俺也不可能爱她,因此,俺反复说明"不爱你"。

奇怪的是,俺愈说不爱她,她就愈发深情地沉湎于爱俺的错觉之中。有一天晚上,她终于在俺面前亮出了自己的身子。她的身子美得令人目眩。可惜,俺是个拎不起来的主儿。

如此的大失败简单地了断了一切。她好容易证明了俺确实是不爱她的。于是,她离开了俺。

俺很惭愧,但是比起内翻足来,不管什么样的羞愧都不值一提。使俺更为狼狈的是另一件事。俺知道自己性无能的原因,当时,俺一想到自己的内翻足接触到她的美腿,就一下子软了。这一发现使得俺决不会被女人爱这种确信所具有的平安感,从内部彻底崩溃了。

为什么呢?因为当时俺产生一种不严肃的喜悦,通过欲望或欲望的实现来证实爱的不可能性。然而,肉体背叛了这些,因为肉体演示了俺用精神要做的事情。俺遭逢了矛盾。如果说不怕俗恶的表现，俺将以不会被爱的确信而梦见爱。然而在最后阶段，将欲望置于爱的代理也就安心了。可是欲望这东西，要求俺忘却存在的条件，要求俺放弃爱的惟一的关口——不会被爱的确信，俺对这一点很清楚。俺因为相信欲望这东西是更加明晰的东西，所以一点儿也不认为有必要梦见自己。

从这时起，对于俺来说，比起精神，立即唤起对肉体的关心。但是，自己不能化身于纯粹的欲望，只能梦见欲望。犹如风一般，从对面看不见，而从这边却可以看到一切，轻轻接近对象，无微不至地爱抚对象，最后沁入其内部。……当你提到肉体觉醒的时候，你就会想到某种具有质量的、不透明的、确实的"物"的觉醒吧。俺不是这样。俺是作为一个肉体、一种欲望加以完成的。就是说，俺成了透明的、看不见的东西，也就是变成了风。

可是，内翻足忽然来制止俺，只有这双脚决不是透明的。这与其说是脚，不如说是一种顽固的精神。较之肉体，它更是作为一种坚硬的"物"而在那里存在着。

人们也许会想，只有借助镜子才能看见自己，可是残疾这东西，就是永远挂在鼻子尖上的镜子。这个镜子昼夜映照着俺的全身。忘却是不可能的。因而，在俺眼里，世界上的不安之类形同儿戏，是没有办法的。不安是没有的。俺如此存在，就像太阳、地球、美丽的鸟和丑陋的鳄鱼一样，是确实的存在。世界像墓石一样兀立不动。

没有不安，没有立足之地，由此开始了俺的独创的生存方式。自己为了什么而活着？俺为此而感到不安，甚至想自杀。这些对于我都算不了什么，因为内翻足就是俺的生存的条件、理由、目的和理想……亦即生存本身。这个存在对于俺已经足够。所谓存在的不安，来自对于自己充分的存在仍抱有豪奢的不满。

俺那村子住着一个独居的老寡妇，俺一眼瞟上了她。听说六十岁了，或许还要大一些。她的父亲忌日那天，我代替父亲去念经，没有一位亲戚，灵前只有这位老妇人和俺两个。念完经，到另一个房间饮茶。因为是夏天，俺要她给俺冲个凉。老寡妇往俺精光的后背上浇水，她可怜见地盯着俺的脚，于是，俺的心中产生了一种企图。

回到刚才那个房间,俺一边擦拭身子,一边表情严肃地讲开了。俺出生时,母亲梦见了神,神告诉她,这孩子成人那天早晨,假如有女子诚心诚意跪拜他的脚,她就可以极乐往生了。心地虔诚的寡妇,手捻佛珠,看着俺的眼睛,仔细听着。俺胡乱地念着经文,挂着佛珠的双手在胸前合十,挺尸般地光着身子仰面躺倒在地下,闭上了眼睛。嘴里依然在念经。

你可以想象,俺是如何极力憋住笑的,俺的内心充满欢笑。俺一点也没有梦见自己。俺知道,老妇人一边诵经,一边不住朝拜俺的脚。俺只想着自己这双被朝拜的脚,此种滑稽几乎使俺感到窒息。一个劲儿想着内翻足,内翻足,脑子只看到这一点。真是一出千奇百怪、丑态百出、荒唐可笑的闹剧。事实上,老妇人的一次次叩头,她的散乱的头发扫着俺的脚心,那种痒抓抓的感觉差一点儿弄得我笑出声来。

从前,一接触那双美腿,就立即败阵,就错误地认为是欲望问题,因为这时,在丑恶的跪拜之中,我感到了一阵亢奋。完全失去了自我控制！在最不可饶恕的状况下！

俺站起身来,一下子推倒老寡妇。她一点儿也不感到惊讶,俺也没工夫感到奇怪。老寡妇被推倒,两眼紧闭,继续念经。

奇妙的是,老妇人此时所念的是《大悲心陀罗尼》的一段。我记得清清楚楚。

伊醯伊醯。室那室那。阿罗嘇。佛囉舍利。罚沙罚嘇,佛囉舍耶。

你也知道,“解”起来是这种意思。

“奉召请,奉召请,消灭贪、嗔、痴三毒,实现无垢清净之本体。”

俺眼前是一个闭着眼睛迎接俺的六十岁的女人,一张没有化妆的被太阳晒黑的老脸。俺的亢奋一点儿也没有中断。于是,这出闹剧达到最高潮,俺不知不觉进入了迷魂阵。……

不过,也许不能使用文学上的“不知不觉”这个词儿。俺看到了一切。地狱各个角落的特色全都清晰地看到了。况且是在黑暗之中！

老寡妇布满皱纹的脸既不美丽也不神圣。然而,这种丑陋和老态,似乎不断给俺没有任何幻想的内心世界以确证。不论哪个美女的脸,看起来都丝毫不能引起俺的幻想时,谁又能说不会转化成这位老妇人的脸呢？俺的内翻足，还有这张脸孔。……是的，总之，眼中的真相支撑着俺的亢奋的肉体。俺开始以亲和的感情相信了自己的欲望。问题不在于如何缩短俺和对象之间的距离，而在于为了使对象成为真正的对象，如何保持一定的距离。

你看，当时俺从这种停滞不前的残疾者的理论，即决不会招来不安的理论，发明了自己的情欲理论。也就是和世上人所说的“沉溺”相类似的假想。这种像蓑衣和风一样的欲望的结合，对于俺来说，仅仅是梦幻，俺一做起梦来，就一定要全部看个一清二楚。俺的内翻足，俺的女人，都一概抛到九霄云外。内翻足也好，女人也好，都和俺保持着距离。真相都在远方，欲望只是假象。而且，梦中的俺一边向假象中无限沉落，一边对准看到的真相射精。俺的内翻足，俺的女人，决不互相接触、决不互相结合，双方都被推到世界之外。……欲望无限亢进，为什么呢？因为那双美腿和俺的内翻足永远都不需要叠在一起了。

俺的想法很难明白吗？要说明一番才行吗？可是，俺自那以来，安心于“爱是不可能的”这一信念了。这一点，你也会明白的。没有不安，也没有爱。世界永远停止，同时又是到达。这个世界也需要特殊注明“我们的世界”吗？俺可以对世间“爱”的迷雾一语道断。那是一种假象要和真相结合的迷雾。——不久，俺终于懂得了，俺对决不会有人爱的确信，是人性存在的根本形态。以上，就是俺的童贞遭到破坏的经过。

……

……

柏木讲完了。

一直倾听着的我终于松了口气。我受到了强烈的震动，一种从未想到过的思考方法触动了我，使我沉浸在痛苦之中，久久醒不过来。柏木说完，我叹息了一声，春天的阳光在我周围闪现，明丽的三叶草地耀目生辉。耳边仿佛又传来后面篮球场上喧闹的呼喊。但是，这一切都和春天的白昼一样，带着完全不同的意味展现在我的面前。

我不能沉默无语，我想回应他，便结结巴巴地问了这么一句很不得体的话：

“这么说，打那以后你就感到孤独了，对吗？”

柏木又特地装出没听清的样子，叫我再重复一遍。可是，他的回答却变得亲切了：

“孤独？为什么要孤独？至于那以后的俺到底如何，交往之中你会渐渐弄明白的。”

午后的上课铃响了。我站起身来，柏木依然坐着不动，死死拉住我的衣袖。我的制服是禅门学院时代改制的，只换了纽扣，料子陈旧，又有破洞。再加上衣服瘦小，我的身子显得更加单弱了。

“下边是汉文课吧？没意思。走，到那边散步去。”

柏木这样一说，我又十分吃力地站起来，身子像散了架重新组装一般。这使我想起了电影里骆驼的生活。

我从未旷过课，但我为了更加了解柏木，实在不愿意放过这次机会。我们向学校大门走去。

出校门时，柏木走路的姿势实在独特，一下子引起我的注意，不由得产生了一种近似羞耻的感情。自己如此凭借世人一般的感情，和柏木走在一起竟然觉得羞耻，实在有些奇异。

柏木使我清楚地知道我的羞耻之所在。同时，也促使我走向人生。……我的全部潜伏的感情，所有的邪恶之心，都经过他语言的淘洗，变得更加鲜活起来。因此，今天当我们踏着石子走出红砖校门时，正面的比睿山在春天的阳光下一派润绿，仿佛第一次看到。

这座山峰也像我身边沉睡的众多事物，带着全新的意义出现在我眼前。睿山山顶突兀，而山坡广阔无边，宛若一首主题曲的余韵，经久不绝。绵延低俯的房舍对面，睿山襞褶的阴影，遮蔽着部分山襞，山麓上或浓或淡的春色，掩映在静谧的暗蓝之中，境界分明，历历在目。

大谷大学门前行人很少，汽车也很少。从京都站前开往乌丸车库前的市营电车线上，偶尔传来电车的轰鸣。马路对面，大学体育场古老的门柱，和这边的正门相对而立，左方是一条绿叶茂密的银杏街树。

“到运动场转一会儿吧。”

柏木说着，首先跨过电车线路。马路几乎没有什么车辆，他全身剧烈地晃动着，水车一般狂奔了过去。

运动场很宽阔,远处,逃学和停课的学生分组打棒球,附近有五六个人在练习马拉松。战争结束不到两年,青年们又在企图消耗精力。于是,我想起了寺院粗劣的伙食。

我们坐在腐朽的运动木上,漫不经心地看着椭圆形跑道上时远时近的马拉松选手。从四周的阳光和微风的吹拂中,令人感觉到逃学的时间就像新做的衬衫触摸着皮肤一般。选手们一堆堆喘着粗气徐徐接近,因疲劳的加剧而变得混乱的脚步声,伴随着飞扬的尘埃远去了。

"简直是傻瓜!"柏木极不服气地说,根本不考虑别人能不能听清楚,"看他们那副样子,像什么呀?这些家伙身板儿都挺棒吧?那么,对别人谝露自己健康,究竟有什么用呢?"

"体育在各地公开了,是吧?这正是世界末日的征兆啊。该公开的一点儿也没有公开。所谓该公开的……指的就是死刑。为何不公开死刑呢?"他像说梦话似的,"难道你不觉得,战争中的安宁秩序,是靠公开人的非正常死亡而得以维持的吗?不敢公开死刑,据说是怕人充满杀伐之心。一派胡言。那些处理被炸死的尸体的人们,个个都显得和蔼可亲。

"人的痛苦、流血和临死前的惨叫,会使人变得谦虚,细心、明朗和亲切。我们变得残虐,变得杀伐无度,决不是在这个时候。我们突然变得残暴是在一瞬之间,就像春日和煦的午后,坐在悉心修剪的草地上,朦胧眺望由树叶间漏泄下来的阳光,那种一眨眼的工夫。你说是吗?

"世界上的一切噩梦,还有历史上的一切噩梦,都是这样产生的。但是光天化日之下,浑身鲜血,气绝而死的人,给噩梦画了清楚的轮廓,使噩梦物质化了。噩梦不是我们的苦恼,只不过是他人剧烈的肉体的苦痛。可是,他人的痛楚,我们没有尝到。这是一种怎样的救助啊!"

然而,比起他那血腥的独断(当然,这也是有魅力的),如今的我更想听听他的童贞遭受破坏以后的经历。如前所述,我从他那里期待着"人生"。我打断他,提出这个暗示。

"你说女人吗?嗯。俺最近凭直感,清楚地知道哪类女人喜欢内翻足的男人。女人中有这样的种类。喜欢内翻足的男人,或许就是她们一生的隐秘,说不定会带到棺材里去。这就是这种女人惟一的恶趣,惟一的梦想。

“对了,喜欢内翻足的女人一眼就能认出来。她们大都是绝代佳人,鼻子冷漠而又灵敏,但是嘴角却有几分浪荡……”

这时,一个女子从对面走来。

第五章

这女子没有穿过操场中间,而是沿着操场外侧的道路来的。这条路紧挨着居民区,比操场的地面低二尺光景。

女子是从一座宏伟的西班牙式宅第的耳门走出来的。这座建筑有两个烟囱和倾斜的格子窗,有广阔的温室玻璃屋顶,给人一种一触即破的印象。隔着道路的操场一侧,高高耸立着一道铁丝网,不用说,这一定是房主为了表达抗议而架设的。

柏木和我坐在铁丝网旁边的游动木上,我偷偷瞅了女子一眼,不由得大吃一惊。原来这张脸和柏木对我讲的“喜欢内翻足”的女人的长相一模一样。然而,不久以后我就觉得我的惊讶有些犯傻,其实柏木很早就熟悉这张面孔了,说不定正梦见她了呢。

我们有意等她走过来。春天灿烂的阳光下,对面是比睿山青绿色的峰顶,这边是姗姗走来的女子。我沉浸在柏木刚才那番使我深为感动的奇谈之中,还未回过神来。他那话的意思是:他的内翻足和那女子犹如两颗星星点缀在真相的世界里,互不接触;他本人将继续埋藏于假象的世界以图实现自己的欲望。此时,云彩遮蔽了太阳,我和柏木笼罩在淡淡的云翳里,仿佛觉得我们的世界立即显露了虚幻的姿影。一切都游离于灰暗之中,连自身的存在也恍惚不清了。远方比睿山青绿的峰峦和这位莲波碎步的女子,惟有这两者在真相的世界里闪闪放光,给人确实存在的感觉。

女子的确走过来了。然而,时间的推移犹如越来越剧烈的苦痛,随着女子渐渐靠近,一个毫不相干的面孔也愈加鲜明起来。

柏木站起来,在我耳边狠狠地嘀咕了一声:

“走,照我说的办。”

我只得迈动脚步。我们沿着女子身边高出二尺许的石墙边上的道路,和女子平行朝同一方向走去。

“从这儿跳下去!”

我的脊背被柏木尖利的手指推了一下。我跨过石墙跳到下面的路上,二尺多高算不了什么。但是,天生一副内翻足的柏木,随着可怕的响声,一下子跌落在我的身边。看来,他是没有跳好而不小心摔倒了。

他穿着黑制服的背部在我眼皮底下剧烈地起伏着,趴在地面上姿势简直不像个人,刹那间在我眼里,那是个毫无意义的大黑点子,又像是雨后道路上浑浊的水洼。

柏木翻倒在行走中的女子的面前,她站住不动了。当我好容易蹲下去想把柏木搀起来的时候,我看到了女子冷然高挺的鼻梁、颇具挑逗性的嘴唇,以及秋波盈盈的眼睛,霎时,这一切引发我似乎猛然看见月光下有为子的面影。

不过,这幻影瞬息即逝。女子看来还不到二十岁,她轻蔑地睃了我一眼,想绕过去。

柏木比我更敏感地觉察到这一点,他大叫起来。那恐怖的叫喊声在正午没有行人的居民街上空回荡。

“薄情女子!放着俺不管吗?为了你俺才摔得这么惨啊!”

女子回头不住地颤抖。她用干爽而纤细的手指,抚摩一下自己苍白的面颊,勉强问我:

“我该做些什么呢?”

柏木抬起头,正面盯着女子,一字一句地强调说:

“难道你家里没有什么药吗?”

沉默片刻,女子转头向来时的方向走去。我扶起了柏木。他的身子很重,疼得直喘粗气。我想叫他扶着我的肩膀走路,他忽然显得格外轻松起来。……

——我一阵小跑,来到乌丸车库前车站,跳上电车。电车向金阁寺方向开动时,我才好不容易缓口气。掌心浸满了汗水。

我扶着柏木来到那座西班牙式建筑前面,我让那女子首先钻进耳门,这时,一阵恐怖袭上我的心头,我把柏木放下就逃,头也不敢回。我看没时间去学校了，只是一味沿着寂静无声的人行道奔跑，一路上打药铺、点心店和电料行等房舍前面经过。此时，闪烁在我眼里的紫色或红色，多半是穿过天理教弘德分教堂前所留下的印象。因为教堂的黝黑墙壁上接连悬挂着绘有梅花家徽的灯笼，门上围着一圈儿印有相同梅花家徽的紫色幕幔。

慌慌张张究竟要跑向哪里？我自己也不知道。电车徐徐驶进紫野，这时我才明白，原来我怀着一副急切的心情是为了赶往金阁。

尽管是平时的日子，因为是旅游季节，这天来参观金阁的人拥挤不堪。我匆匆拨开人群来到金阁前边，老导游见了我十分惊奇。

就这样，我被飞扬的尘土和丑陋的人群包围在春天的金阁前边。在导游响亮的声音里，金阁看上去一直半藏着它的美丽，故作茫然之态。惟有池子里的倒影一派澄明。然而，换一种看法，犹如《圣众迎迓图》里被诸位菩萨簇拥迎来的弥陀佛一样，尘埃宛若包裹众菩萨金色的云层，金阁在尘土里迷离的影像，也正如古画上褪色的油彩或磨破了的图像。当混杂和喧嚣充满精巧的廊柱之间的时候，小小的究竟顶和上面的凤凰，澄净而立，被上面泛白的天空吸收进去，这也没有什么奇怪。建筑实地存在着，一切都获得了统一和规范。不论周围多么喧嚣，西边有漱清，有二层以上骤然变细、戴着究竟顶的金阁。这座极不匀称的纤细的建筑，起着过滤器的作用，可以将浊水变成清水。金阁不排斥哓哓不休的人语，而是渗入了空阔而优雅的廊柱之间，不久经过一番过滤，化作一种静寂，一种澄明。而且，金阁也和池水里毫不动摇的倒影一样，不觉之间成功地矗立于地面之上了。

我的心平和下来，恐怖渐渐衰退了。我所钟情的美必须是这样的。在我的人生之中，它既阻隔着我，同时又护佑着我。

“我的人生要是像柏木那样，请务必保护我吧。他那副情景，我是忍受不了的。”

我几乎要向它祈祷了。

柏木暗示于我并当着我的面表演的人生，生存和毁灭只具有同一种意义。这种人生既缺少自然，那么，也缺少金阁一般的结构之美，可以说只是一种痛楚的痉挛而已。我也受到它的极大吸引，由此而确定了自己的方向,这也是事实。不过,可怕的是,首先必须被荆棘遍地的生的碎片扎得满手血淋淋的。柏木以同样程度蔑视本能和理智。他的存在的本身就像一只奇形怪状的球,到处滚动,巴望撞破现实的墙壁。这算不上是一种行为。总之,他所暗示的人生,只是一出危险的闹剧,企图以未知的伪装打破欺骗我们的现实,重新清扫世界,使之不含一点未知的因素。

我之所以这样认为,是由于后来我在他的宿舍里看到一幅广告画。

这是一幅旅行协会制作的美丽的石版画,上面画着日本阿尔卑斯山。飘浮在蓝天的山顶,横写着一行字:“未知的世界向你招手!”柏木用红笔顺着文字和山峰狠狠地画了个歪斜的“十”字。旁边是他内翻足步行一般龙飞凤舞的题字:

“未知的人生是难以忍受的。”

第二天,我在上学的路上,一直惦记柏木的身体。那时候放下他逃回来,想想实在是出于对他深厚的友谊,所以并没有感到多大的责任。不过,还是有些不安,如果今天教室里看不到他的身影呢?谁知临到上课时分,我看到柏木照例不自然地耸着肩膀,走进了教室。

课间休息时,我连忙拽住柏木的腕子,那种快活的样子,在我早已很少有了。他咧了咧嘴笑了,陪我来到走廊上。

“你的伤没问题吧?”

“什么伤?”——柏木嘲笑似的望着我,“俺什么时候受伤了?啊?你说俺受伤,该不是做梦吧?”

我再也无话可说,柏木有意吊我胃口,过一阵子他才一一说明实情:

“那是在做戏哪。俺已经练过好多次啦,如何往那路面上跳下去。你看俺好像骨折了,其实是装装样子,说明俺倒地的工夫十分高妙。那女子假装不知想绕过去,这倒是没有料到。你瞧,她已经对俺有意思啦。不,说错了,她是迷上俺的内翻足啦。那小妮子还亲手往俺腿上抹碘酒哩!”

他捋一捋裤管,露出涂着淡黄色的小腿给我看。

当时我仿佛看到他的诈术,故意摔倒在路上,自然是为了引起女子的注意,不过他假装摔伤,实际还不是为了掩盖自己的内翻足吗?然而,这种怀疑一向不会形成对他的轻蔑,反而因此加强了对他的亲近感。而且,我有一种青年人常见的极为天真的观点,即他的哲学越充满诈术,就越发证明他对人生的一片忠诚。

鹤川对我和柏木的交情并不看好。他出于友谊曾经规劝过我,我觉得他瞎管闲事。不仅不听,我还反驳他说:你鹤川可以交到好朋友,但像我这样,只有柏木才适合于我。当时,鹤川眼里露出难以名状的悲戚的神色,直到后来,我真不知感到多么痛悔啊!

* * * *

到了五月,柏木订了个计划:躲过假期的人流,拣个寻常日子,旷课游岚山。他自作主张地说,碰到晴天不去,阴沉晦暗的天气再去。他陪伴那位住在西班牙式建筑里的小姐,还专门为我带来他房东家的一位姑娘。

我们相约在平素称作“岚山电铁”的京福线上的北野车站会合。当日幸好遇上一个五月里少见的阴霾、沉郁的天气。

鹤川家里好像出了麻烦事儿,告假一周回东京了。他虽然不是个到处乱说的人,但平时我们早晨一起上学,半道上我必须悄悄逃离他,所以很难为情。今天好了,我可以无忧无虑了。

是啊,想起那次游山,着实使我很感痛苦。我们游山的人,个个都很年轻,而青年人特有的灰暗、急躁、不安和虚无感,在游山的那一天里得到了充分的发挥。柏木定是看穿一切,有意选择一个灰暗阴沉的日子吧。

这天,风自西南来,其势渐强,又戛然而止。随后,令人不安的微风轻轻吹拂着。天空黯淡,一点儿见不到太阳。浓云密布,只有一部分闪着白光,犹如多层衣衫的领口,露出一弯洁白的酥胸。这白光是模糊不清的,可知深处隐藏着太阳。然而,这白光瞬息即逝,消融于天空一派浓重的阴霾之中了。

柏木没有失约,他真的在两位年轻女子护卫下,出现在检票口。

一个确实是那位小姐，高挺而冷漠的鼻子，富于挑逗性的嘴唇，进口料子的西服，肩上挂着水壶。她是个漂亮的女子。她的前面站着房东家的女儿，身体微胖，穿戴和容貌都相形见绌。只有那小巧的下巴颏和紧闭的嘴唇，才显示出她是个姑娘家。

前往目的地的车厢内，已经失去了游山应有的欢乐气氛，他们谈话的内容虽说听不清楚，但柏木和小姐不住拌嘴，小姐不时紧咬嘴唇，强忍着不使眼泪流下来。房东姑娘对这些漠不关心，嘴里低低哼着流行歌，她突然对我讲述了这样一件事情。

"我家附近，住着一位特别俊俏的插花师傅。前几天，给我说了一段悲哀的罗曼史。战争期间，她结交了一位恋人，是陆军军官，眼看就要到前线去。他们利用短暂的时间，到南禅寺面对面告别。虽然未获得父母的应允，但在分别前夕，已经怀了孩子，可怜竟是个死胎。那位军官叹息之余，提出在告别的时候，他很想吸上一口作为人母的奶汁。因为时间紧迫，师傅当即将奶水挤在薄茶里，递给男人喝了。一个月过后，那位恋人战死疆场。打那以后，师傅坚守贞操，过着独居的日子。唉，一个年纪轻轻、漂漂亮亮的人儿。"

我怀疑起自己的耳朵来了。战争末期，我同鹤川两人在南禅寺看到的难以置信的一幕，又重新出现于眼前。我特地没有告诉那姑娘这段往事，因为一旦说出口，刚听到这故事时的感动，就会背叛当时那种神秘的感动。只要我守口如瓶，她讲的这桩故事，不但不会打开这一神秘的谜团，反而更增加一层神秘的结构，两者重叠在一起，使事情愈加变得神秘莫测。

此时，电车正奔驰在鸣瀑一带广大的竹林旁边。竹林正逢五月凋落的季节，枝叶发黄了。微风掠过竹梢，干枯的竹叶落在密集的竹丛中央，而根部似乎和枯叶毫无关系。竹林最深处的粗壮的竹节纵横交错，一派宁静。只是在电车疾驰而过时，附近的竹林才剧烈地摇摆起来。其中一棵幼竹，青绿、光亮，十分惹眼。这棵幼竹婀娜多姿，在我眼里留下奇异而艳丽的运动着的印象，远去了，消失了。……

我们一行抵达岚山，来到渡月桥畔，参拜了过去因无知而忽视掉的小督局墓。

源仲国奉旨探访为了躲避平清盛而隐身于嵯峨野的局姑娘，中秋明月之夜，听琴声隐隐，终于寻到局姑娘隐遁之处。这首琴曲，名叫《想夫恋》，谣曲《小督》中唱道："明月夜，访佳人，跃马登程。法轮寺，琴音传，似山雨松风。莫非是，美人儿，良宵抚琴，好一曲，《想夫恋》，感我心胸。"后来，局姑娘在嵯峨野尼庵里为吊唁高仓天皇，度过了后半生。

墓冢位于小径深处，不过是一座小小的石塔，夹在巨大的枫树和干枯的老梅之间。我和柏木恭恭敬敬献上一段短短的经文。柏木那副一本正经亵渎式的读经法也感染了我，于是我学着学生们哼着小曲般的轻松心情，来一次小型的"渎圣"，充分解放自我感觉，甚为快意。

"所谓优雅之墓，却变得如此寥落不堪！"柏木说，"政治权力和财力留下这座巍巍香冢，堂堂墓穴。这些人活着的时候，因为完全不具想象力，墓冢自然也只能靠那些毫无想象余地的家伙所建造。但是，优雅只凭自己和他人的想象力而具有生命，墓冢也只能凭借想象力的作用而留存下来。俺认为这些墓中人很可悲，因为死后还得继续乞求他人的想象力。"

"优雅只存在于想象力之中吗？"我也快活地搭讪着，"你说的真相，即优雅的真相到底是什么呢？"

"就是这个。"柏木啪嗒啪嗒拍着布满青苔的石塔的塔头，"石头，或者骨头，人死后剩下的无机部分。"

"地道的佛教性的东西。"

"什么佛教不佛教，大凡优雅、文化，以及人们认为美的东西，所有这一切真相，都是没有实质性的无机的东西。龙安寺实际不是寺，而是一堆石子。哲学是石子，艺术也是石子。说起人的有机的关心，也是无情的，仅仅属于政治。人实在都是一些自虐的生物！"

"性欲属于哪方呢？"

"性欲？大概是中间性的吧。是在人和石头之间跑来跑去捉迷藏。"

对于他所说的美，我本想立即加以反驳，可是两个女人对这种争论早已厌烦，沿着小径往回走了，我们只好去追赶她们。从小路上遥望保津川，那里好像是渡月桥北岸的堤堰部分。河流对面的岚山，绿意葱茏，而那部分河水却扬起一线白光闪亮的飞沫，河面响着哗哗的水声。

河上漂浮着不少小船，我们一行沿着河岸前进，钻入道路尽头的龟山公园的大门。这时，我们只看到地上散乱的纸屑，知道今天园内的游客很少。

我们站在门口，再次回头望了望保津川和岚山新叶翠碧的景色。对岸垂挂着一条小小瀑布。

“美丽的景色就是地狱。”柏木又说道。

柏木的这种说法使我捉摸不透。不过，我也只能仿照他，试着将这景色当作地狱眺望。这努力没有白费。眼前宁静的、绿叶茂密的景色里，也有地狱在摇曳。这地狱似乎不分昼夜，为所欲为，随时随地都会出现。只要我们随意呼唤一声，地狱就会立时来到眼前。

岚山樱花据说是十三世纪移植的吉野山上的樱花，如今已全部长出嫩叶来了。花季一过，在这片土地上，樱花只不过像死去的美人的名字，偶尔被人提起。

龟山公园最多的是松树，因而四季的景色变动不大。高低起伏的广大公园，松树随处亭亭而立，下面好高一段不长叶子，无数裸露的根干参差交叉，使得公园景观的远近之感很不安定。

宽阔迂回的道路围绕公园一圈，升一段降一段，随处可以见到树墩、灌木和小松树，巨石一半埋在土里，露出白色的肌体。这块地面开满了一簇簇紫红的杜鹃花。阴霾的天空下，花色看上去带着一种恶意。

我们登了一段路，看到洼地里安着秋千架，上面乘着一对男女。我们来到小丘顶端的伞状凉亭里休息。从亭子上向东眺望，几乎看到了公园全貌；西面隔着树丛，可以俯视到保津川河水。轧轧的秋千声，犹如锉牙一般不住传进亭子中来。

小姐打开包裹，柏木说他不要盒饭，倒也不是假话。四个人面前摆出了三明治以及难于弄到手的洋果子类，最后拿出专为满足占领军之需、只有黑市里出售的三得利牌威士忌。当时的京都,听说是京、阪、神一带黑市买卖的中心地。

我几乎不会喝酒,但还是和柏木一起对面前的酒杯合十膜拜,然后才拿在手里。两个女子喝了水壶的红茶。

对于小姐和柏木如此亲密的关系,我至今半信半疑。我弄不懂一个心高气盛的女子,为何对柏木这样天生内翻足的穷书生那般诚恳。对于这一疑团的解答,远不如两三杯酒下肚的柏木的一番话语:

“刚才在电车里不是吵起来了吗?是这么回事,她家里嚷嚷着叫她和一个她不喜欢的男人结婚,眼看她就要低头屈服了。俺说要坚决阻挠这门婚事,对她又是安慰,又是恐吓。”

这种事儿,本不该在当事人面前抖搂出来,柏木却很不在乎地讲着,好像那位小姐不在他身边。小姐听着他说,表情里没有任何变化。细嫩的颈项上戴着陶片穿成的蓝色项链,背向着阴沉的天空,一头鬈曲的秀发的轮廓,将过于鲜明的脸庞反衬得模糊不清了。双目过度莹润,只有眼睛为这张脸孔留下生动的裸露的印象。极富挑逗性的嘴唇始终薄薄地张开着。上下唇之间窄小的缝隙里,可以窥见两列尖锐、洁净、细白的牙齿,使人觉得像小动物的牙齿。

“好疼啊!好疼啊!”柏木急忙屈下身子按住小腿呻吟起来。我也慌忙低下头想抱住他,柏木伸手把我推开,奇怪地冷笑着,朝我递了个眼色。我缩回了手。

“疼死啦!疼死啦!”柏木大声号叫。我不由得看看旁边的小姐。她的面容出现新的变化,眼神失去了沉静,嘴唇焦急地颤抖着,惟有冷漠的高挺的鼻梁毫无所动,形成奇异的对照,面部的调和与均衡也被打破了。

“忍着点儿!忍着点儿!这就给你治疗。马上,马上!”——我第一次听到她那高亢的旁若无人的声音。小姐抬起修长的脖子,环视一下周围,忽然跪在凉亭的石头上,抱起柏木的小腿。她用脸颊紧紧摩挲着,最后在小腿上吻了吻。

我又被那时的恐怖慑服了,看了看房东姑娘的脸。姑娘望着别处,依旧哼着小曲儿。

……这时，太阳似乎从云隙照射下来了，抑或是我的错觉吧？然而，宁静的公园全景的构图却产生了异样，那包围我们的澄明的画面，那松林，闪光的河水，远方的山峦，雪白的岩石，星星点点的杜鹃花……我感觉到，布满这些景物的画面的每个角落，似乎都出现了细细的裂纹。

实际上，应该出现的奇迹还是出现了。柏木渐次停止了呻吟。他将要抬头还未抬头之际，又递给我一个冷笑的眼色。

“好啦！真奇怪，疼起来的时候，你这么一招，总能把疼止住。”

接着，他用两手抓住女子的头发提起来。被他抓住头发的女子用忠实的小狗一般的表情抬眼望着柏木，微笑着。由于光线忽明忽暗，刹那之间，我看到小姐美丽的容颜，忽然幻化为柏木所说的那位六十多岁的老太婆的丑脸了。

——可是，完成这一奇迹的柏木高兴起来了。那是发疯般的高兴。他大声狂笑，猝然把女子抱在膝头上亲吻。他的笑声在洼地松林的枝头上回旋，震荡。

“为何不向她求欢呢？”他看我沉默不语，便问道，“好容易为你领来个姑娘。你是不是怕人笑你结巴，不好意思？结巴！你就结巴给她们看！说不准她会爱上结巴呢。”

“他是结巴？”房东姑娘仿佛这才注意起我来，“《三个残疾人》①来了两个。”

这话严重地刺伤了我，实在不堪容忍。然而，奇怪的是，我对姑娘的憎恶，伴随着一种晕乎乎的感觉，原封不动转变为突然的欲望。

“咱们分成两组躲起来吧，两小时后再到这座凉亭里集合。”

柏木俯视着那对秋千上总也荡不够的男女，一边吩咐道。

告别柏木和小姐，我和房东姑娘一起从亭子北面走下小丘，又绕到东边，登上了和缓的山坡。

---

① 古典狂言（滑稽剧）之一。三个赌徒为骗取赌资，装作三个盲人，被某善人所雇用，乘善人不在打开酒缸狂饮，被发觉后狼狈不堪。

“他把小姐打扮成‘圣女’,总是耍那种手腕。”

姑娘说罢,我结结巴巴反问:

“你怎、怎么知、知道的?”

“当然知道了,我和柏木有过一段情呀。”

“现在什么也不是,你可真能看得下去。”

“看得下去,那种没有用的人,谁瞧得上呀。”

这次,她的话倒是给了我勇气。接着我又反问她,比刚才流利多了。

“你不是也喜欢那小子的内翻足吗?”

“算了吧,那种青蛙腿谁要? 不过,他的眼睛倒挺好看哩。”

这话又使我丧失了自信。不论柏木如何考虑,女子爱的是柏木尚未觉察的美质,而我也不是完全没有尚未被人觉察的美质,只因我的傲慢使我本能地排拒这种美质罢了。

——我和姑娘登到坡顶,来到一块寂静的小小草地。透过松树和杉树,可以朦胧望见大文字山等远方的山峦。从这座丘陵到市街的坡面上覆盖着一片竹林。竹林边上,一棵迟开的樱花尚未凋落。看来,这确实是一种迟开的花,结结巴巴地一点一点地开放,所以花期才会这么晚。

我的胸口一阵憋闷,胃部也沉重起来。不是因为喝了酒。一旦紧急,欲望就增加重量,带着从我肉体分离出来的抽象的构造,压在我的肩头。那感觉简直就像一台黝黑而沉重的钢铁机床。

正如我屡次表白的那样,我很感谢柏木促使我走向人生的亲切或恶意。中学时代,我曾在高班同学的短剑剑鞘上划下痕子,那时我从自己身上明确看到,我没有资格面对人生光明的表面。然而,柏木这位朋友却从反面教给我一条通达人生的黑暗的捷径。这条捷径,初看起来是冲向毁灭,但却富有意外的权术,可以将卑劣转变为勇气,把我们称作恶行的东西再度还原为纯粹的能量。称为一种炼金术也未尝不可。尽管如此,事实上尽管如此,这依然是人生。这方法可以前进、获取、推移,也可以丧失。尽管不能叫做典型的生,可也具备所有的生的机能。假如在我们目不可视的地方,被赋予“所有的生都是无目的”的这样一个前提，那么，上面这种法术越发是和其他一般的生具有等价的生了。

我以为，即使柏木也不能说他一点没醉。我早就清楚，不管多么阴暗的认识，其中也潜隐着认识本身具有的醉意。而且，使人沉醉的不外乎是酒。

……我们坐在一棵褪色的遭虫害的杜鹃花荫里。我不明白房东姑娘为何愿意这样陪伴我。我对自己故意表现得很残酷，但姑娘却被一种“自愿献身”的冲动所驱使，我弄不懂这是为什么。世上也有充满羞赧和温存的无抵抗主义，但姑娘却把我的手放在她那胖乎乎的小手掌上，就像午睡时身上爬满了苍蝇。

可是，长久的接吻，以及姑娘那柔软的下巴颏的触感，撩拨着我的欲望。这虽然是我梦寐以求的，但现实感却浅淡而又稀薄，欲望围绕着别的轨道奔跑。灰白而阴霾的天空，竹林的喧哗，还有那沿着杜鹃花叶子拼命攀登的瓢虫……这一切依然毫无秩序，散乱地存在着。

我本打算将眼前的姑娘作为泄欲的对象，可现在想从这一想象中逃离出来。我应该将此作为人生加以考虑，应该看做是为前进和获取而通过的一道关口。放过这次机会，人生将永远不会再来光顾于我了。想到这里，我的心一阵激动，嘴里结结巴巴说不出话来。这时，万千委屈一起涌上心头。我决然开口，哪怕结巴，也要一五一十道个明白，将这“生”据为己有。柏木苛酷的敦促，那种“只管说，不怕结巴”的毫不客气的喊叫，又在我的耳边响起，鼓舞着我。……我终于将手滑向女子的裙裾。

这时，金阁出现了。

威严屹立、充满忧郁的精巧的建筑。脱落的金箔随处可见，豪奢的亡骸般的建筑。在那似近实远、既亲密又悬隔的虚幻的距离上，出现了那座永远浮现于澄明之中的金阁。

它矗立于我和我所立志实现的人生之间。当初小巧如一幅工笔画，但是眼见着大起来，在那精巧的模型里，似乎要和包裹世界的巨大金阁相互映照似的，还有一个包容我周围世界的金阁，它将我存在的世界包裹得严严实实。它像一首巨大的音乐，惟有这音乐，才会使世界的意义变得更加充实。有时，它是那般疏远我，看似屹立于我身外的金阁，如今完全将我包裹起来，其结构内部也允许我占领一块位置。

房东姑娘走远了，变小了，灰尘一般飘走了。姑娘被金阁所拒绝，我的人生也就被拒绝了。既然被无限的美所包裹，又怎能向人生伸手？即使从美的立场出发，它也有权利要求我放弃。一只手触摸永远，一只手触摸人生，这是不可能的。我以为，假若对于人生行为的意义，在于对某一瞬间宣誓忠实、从而使这一瞬间停止的话，抑或金阁会及时知悉，并在短暂的期间消除对我的疏远，金阁也会亲自化身于瞬间，前来告知我对人生的渴望纯属虚空。人生中化身于永远的瞬间，可以使我们陶醉；但是，正如此时的金阁一样，较之化身于瞬间的永远的姿态来，那是不值一提的。对此，金阁十分清楚。美的永恒的存在，真正阻滞我们的人生、毒害生命，就是这个时候。生命透过墙缝向我们闪现的瞬间的美，在这种毒害面前不堪一击，它会迅速崩溃、灭亡，将生命本身暴露在灭亡的褪色发白的光芒之下。

……我完全被幻想的金阁所拥抱，时间并不很长。等我清醒过来时，金阁已经消隐了。那不过是如今依然完好存在的一座建筑，位于东北方遥远的衣笠山地，从这里是看不见的。金阁寺那样接受我、拥抱我的幻影时期已经过去。我躺在龟山公园丘陵顶上，周围有花草和嗡嗡飞翔的昆虫，此外只有一个放肆地趴在地上的姑娘。

对于我突然的退缩，姑娘投以白眼，然后坐起身来。她扭转身子，背对我坐着，从手提包里掏出镜子照了照。她不说话，然而那副轻蔑的表情，犹如秋天里扎在衣服上的牛膝果，千万遍刺疼了我的肌肤。

天空低垂，轻柔的雨滴敲打着四周的青草和杜鹃花的叶片。我们慌忙站起来，顺着来时的路折回刚才那座凉亭。

*　　*　　*　　*

游山就这样可怜地结束了。这天给我留下特别黯淡印象的不止于此，当晚开枕前，老师接到东京方面打来的电报，并立即向全寺院的人宣布了。

鹤川死了。电文很简单，只写了死于车祸。后来了解的详细情况是这样的：鹤川出事前一天晚上到达浅草的伯父家里，伯父用好酒好饭招待他。鹤川不大会喝酒，回自家途中，在车站附近突然被从小巷开过来的卡车撞了，头盖骨骨折，当场死亡。家属们束手无策，第二天午后，才想起来应该给鹿苑寺发电报。

我流泪了，父亲死时我都没哭过。我为何把鹤川的死看得比父亲更重要呢？因为这关系到我的切身利益。自打认识柏木，我对鹤川有些疏远，然而一旦失掉他，我才深切感到，由于他的死，连接我和白昼般光明世界的一根丝线也随之断绝了。我丧失了白昼，丧失了光明，丧失了夏天。我为此而哭泣。

我想到东京去吊丧，可是没钱。老师给的零花钱每月不过五百元。母亲本来就穷，每年给我汇一两次钱来，每次平均二三百元，已经很不容易了。她之所以变卖家产，投靠加佐郡的舅父家，也是因为丈夫死后，单凭施主们每月不足五百元的救济米，还有政府很少的补助金，是很难生活下去的。

我没有去向鹤川遗体告别，也没有参加葬礼，我不知道如何从心理上接受鹤川的死亡。他那沐浴叶荫间的阳光、穿着白衬衫一起一伏的腹部，如今又在我眼前燃烧。谁能想到，他那副为光明所创造、仅仅适合于光明的血肉和精神，竟然会埋进墓土而安息呢？他丝毫没有夭折的征兆，天生一副无忧无虑的样子，不具有一点类似死的因素。他突然的离世，也许正是因为这个缘故。纯血种动物的生命都是脆弱的，鹤川既然为生的纯粹的部分所制作，他抑或缺少防止死亡的法术吧。我却和他相反，我的可诅咒的寿命似乎得到了某种保护。

他所居住的世界透明的构造，对于我来说时常是难解的谜。这些谜因他的死变得更加可怖。小巷上驶来的卡车撞碎了他的透明的世界，犹如撞在极其透明的玻璃上。鹤川不是死于疾病，他很符合这样的比喻，车祸这种纯粹的死，也很符合他的生的无比纯粹的构造。因为瞬间的冲撞，他的生与他的死互相接触，合二为一了。这是一种迅疾的化学作用。……毫无疑问，只有通过这种过激的方法，才能使得那个无影无踪的奇怪的青年，将自己的影像和自己的死结合在一起。

尽管鹤川居住的世界洋溢着明朗的感情和善意,但可以断言,他不是因误解和乐观的判断而住在那里的。他的这个世界上不值一提的明净的心,被一种力量、一种坚韧的柔软所保护,这本身就是他运动的法则。他将我灰暗的感情逐一翻译成明朗的感情,他的这种做法具有无可比拟的正确性。他的明朗和我的灰暗一一映照,因而我常怀疑,鹤川是否也如实地体验过我的心灵历程。并非如此!他的明朗的世界尽管纯粹而偏颇,但自有本身的细致体系,其精密度也许更接近恶的精密度吧。这位青年不屈不挠的肉体的力量,必须不断支撑这个体系使它不住地运动,否则,这个明朗、透明的世界抑或会立即瓦解。他径直地奔跑着,于是卡车碾碎了他的肉体。

鹤川给予人们好感的根源是他那副明朗的容貌,还有那颀长的躯体。如今,这些都丧失了,又把我引入对于人的可视部分的神秘思考。我们目光所及之处实际存在的东西,都在行使那些极其明朗的力量,我觉得不可思议。我想,精神为了具备如此朴素的真实感,不应该多多向肉体学习吗?据说禅以无相为体,深知自己的心是无形无相的东西,也就是所谓“见性”。能够如实察知无相的见性的能力,恐怕还应该对形态的魅力表现极度的敏感。不能用无私的敏锐看到形与相的人,又怎能那样清晰地看见和感知无形和无相呢?像鹤川那样只要存在就会发光的人,可以看得见摸得着的人,可以称作以生为生的人,已经丧失了。今天,他的明瞭的形态就是不明瞭的无形态的最明确的比喻,他的实在感就是无形的虚无的最实在的模型,他本人不过是这种比喻罢了,不是吗?例如,他和五月的鲜花相切合,这种切合表现于正是五月的猝然而逝,他的灵柩就将被投来的鲜花所掩埋,两者达到了极端的和谐一致。

总之,我的生之中缺少鹤川的生那种确实的象征性,为此,我很需要他。而且,最使我嫉妒的是,他的生命中丝毫没有我那样的独自性,或者说不具有担当独自使命的意识。正是这种独自性,夺去了生的象征性,亦即他的人生可以比喻其他某种东西的象征性,从而夺去生的扩展和关联,它是无孔不入的使之产生孤独的本源。这是很奇怪的事情。我甚至和虚无都缺乏关联。

*　　*　　*　　*

我又开始孤独了。此后,我再没见到房东姑娘,和柏木也不像以前那样亲密了。尽管柏木生存的魅力依然紧紧吸引我,但我多少有些抗拒,虽非出自本心,也还是疏远了。这是因为我在祭奠着鹤川。我给母亲写信,坚决表明在我未独立之前,希望她不要来看我。虽然过去也曾口头对母亲提到过,但我觉得,必须再一次以强硬的词汇写在信里寄出去更放心。母亲的回信,用磕磕巴巴的语言讲述了忙着帮舅父家干农活,还罗列了一些如何教子的事。末尾写道:“我死之前,想看一眼你当上鹿苑寺住持的样子。”我憎恨这行文字,后来的好几天我都感到不安。

整个夏天,我没有回去看望母亲。由于伙食恶劣,身体好容易挺过了夏天。九月十日后的某一天,气象预报说有一场大的台风来袭,得有人到金阁值夜班,我自告奋勇担起了这个责任。

打这时候起,我对金阁的感情产生了微妙的变化。虽然不是憎恶,但我有一种预感,毫无疑问,我心中渐渐萌生了一种和金阁水火不相容的事态,这种事态早晚会来临。还在龟山公园的时候,这种感情已经很明白了,可我害怕为这种感情命名。然而,值了一夜班,我为金阁委身于我而感到高兴。我无法掩饰这样的喜悦。

我手里有了究竟顶的钥匙,第三层尤为珍贵,这里高出地面四十二尺,门楣上高悬着后小松帝的御笔匾额。

广播里时时播送着台风临近的消息,但一直没有什么动静。午后时下时停的雨晴了,夜空里出现了一轮皎洁的圆月。寺里的人都到院子里观察天象,据说这是台风到来前夕的寂静。

寺里悄无声息。我和金阁结成一体。走进月光照不到的地方,金阁浓重而豪奢的黑暗包裹着我,仿佛置身于恍惚之中。这种现实的感觉,徐徐深刻地浸染了我,又原封不动地变成了一种幻觉。当我回过神来,我才发现自己依然待在游龟山公园时的幻影里,那是一种把我从人生中隔离出来的幻影。

我孤寂一人,一个绝对的金阁包裹着我。我不知道是否可以说我拥有了金阁，还是金阁拥有了我，抑或这里产生了少有的均衡，可能出现一种我就是金阁、金阁就是我的状态吧。

午夜十一时半，风大起来了。我打开手电登上楼梯，来到究竟顶，将钥匙插进锁眼儿。我在究竟顶上凭栏而立。风自东南来，但天空尚未出现变化。月光在镜湖池的水藻上闪耀，四周响起了虫声和蛙鸣。

起初，一阵强风正面吹在我的脸颊上，我浑身的肌肤几乎产生一种官能性的战栗。这风就像一股妖风无限增强起来，仿佛是要将我和金阁一起摧毁的征兆。我的心既在金阁内部，同时又在风暴之上。限定我的世界构造的金阁，帷幔尚未被风飘起，镇定自若地沐浴着月光。风，我的凶恶的意志，总有一天，我一定要摇撼金阁，使它觉醒，使它崩塌，并在这一瞬间，夺去金阁倨傲的存在的意义。

是的，这时，我虽然被美所包围，确实置身于美之中；但是，只有在无限肆虐的风暴的意志支持下，我才能确实感到被万全的美所包裹，而深信不疑。柏木大声呵叱我："大胆说，不怕结巴！"我也要对风骏马加鞭，试着对它呼喊：

"使劲儿刮吧，再强烈些！再迅疾些！加油！"

森林开始喧哗了，池子边的树枝互相摩擦着。夜空失去了平静的蓝色，变得黝黑而浑浊起来。虫声尚未衰歇，而此时风卷大地，一派骚然，宛若遥远而神秘的笛音，逐渐接近了。

我望着浩荡的云层打月亮前面飞去。群山背后，大块大块的云朵由南向北，喷涌而来，有的浓厚，有的稀薄，有的宏大，有的分成若干小小的片断。这些云朵一概来自南方，掠过月面，覆盖着金阁的屋顶，仿佛去办理什么大事，急匆匆向北奔驰。我的头顶上，似乎听到金色铜凤凰的鸣叫。

风突然停息，接着又强劲了。森林敏感地侧耳倾听，一会儿静止，一会儿喧闹。池畔月影，时明时暗，有时候光明闪耀，迅疾扫过池水。

群峰对面，浓云攒聚，犹如一面巨掌在天空展开，翻卷飘动，滚滚而来，声势浩渺。云彩断绝之处，闪现一片明净的天空，倏忽又被云层遮盖了。但是，每当薄云飞过，可以窥见月亮透过云层，描画着一轮朦胧的光环。

夜深了,天空依然如此地运动着。然而,看样子风似乎不会变得更大起来。我在栏杆旁睡着了。晴明的早晨很快来临,寺里老佣人把我叫醒,他告诉我,还好,台风绕过京都了。

第 六 章

我为鹤川服了将近一年的丧。一旦孤独起来,我也就很快习惯了。几乎不同任何人说话,我再一次明白了,这种生活根本不需要我付出一点努力。对于生的焦躁也离我而去了。死的每一天都是快活的。

学校图书馆成了我惟一的享乐的场所。我在那里不读禅籍,只是随手读一读翻译小说和哲学。我不愿在这里列举那些作家和哲学家的名字。这些都多多少少给了我一些影响。我承认这些都成为我以后那种行为的要素,但是我相信行为本身是我的独创,因为我最不喜欢我的行为受到某种既成哲学的影响。

自少年时代起,不为人所理解成为我惟一的骄傲。如前所述,我没有为了让人理解我而有过冲动的表现。我曾经毫无斟酌地想使自己清醒起来,但我怀疑这是否来自打算理解自己的冲动。因为这种冲动按照人的本性,自动会在自己同他人之间架起一道桥梁。金阁之美所给予我的陶醉,使我的一部分神经不那么透明了。这种陶醉从我这里夺走了其他一切陶醉,为了对抗,我必须另外根据我的意志确保清醒的部分。别人不清楚,但对于我来说,只有清醒时才是我自己,相反,也可以说,我这人没有一个清醒的自我。

……这是进入大学预科第二年,即昭和二十三年春假的事。一天晚上,老师出门去了,我没有朋友,只好独自出去散步以消磨这段幸福自由的时光。我走出寺院,溜出了山门。山门外侧围绕着一条水沟,水沟岸上立着木牌。

这本来是平时司空见惯的告示牌,但明月之下,回头瞅瞅那古老的文字,心情黯然地读了起来:

注 意

一、未经许可,不得改变现状;

二、其他一切行为均不得影响文物。

以上规定,若有违犯,则依照国法给予处罚。

昭和三年三月三十一日　　内务省

木牌上写的明明是关于金阁的事,但是这些抽象的语句也许暗示着什么,我只觉得永存不朽的金阁和这木牌毫无关系,应当立于别处。这块木牌似乎预感到一种不可理解的行为,或者不可能发生的行为。立法者一定围绕如何概括这种行为而感到困惑。为了处罚惟有疯子才会干出的行为,事前应该对疯子如何恐吓一番呢? 也许有必要标上只有疯子才能看懂的文字吧。……

我在无端地考虑这些事情的时候,有个人影正顺着门外宽阔的马路向这边走来。白天里的游人都走光了,明月照耀的松树,以及电车道上穿行的汽车的前灯,构成这一带主要的夜景。

我突然认出是柏木的身影,从走路的姿势上可以判明。过去漫长的一年里,我对他选择了疏远,这会儿暂时搁置起来,只对过去经他治愈的事情抱着深深的感谢之情。是的,我们初次见面时,他用那双丑陋的内翻足和毫不客气的尖利的语言,以及彻底的坦白,治好了我的残缺的心理。我那时才觉悟到一种平等对话的喜悦,品尝了一种潜身于和尚、结巴如此坚固的意识的底层,类似即将干什么坏事的喜悦。相反,我和鹤川的交往,所有这些意识往往被抹杀尽净。

我对柏木笑脸相迎。他穿着制服,手里拎着细长的包裹。

"你要出去吗?"他问。

"不……"

"见到你,太好啦。其实——"他坐在石阶上解开包裹,露出两只幽幽闪光的尺八,"前些日子,伯父死了,留下的遗物里俺要了尺八。从前为了练习,伯父曾经给过俺一只。这只遗物看来是名牌,不过俺还是喜欢用惯了的一只。再说,留下两只也没有用,你拿去一只吧。"

从来没有人送给我礼物,不管怎么说,礼物总是令人高兴的。我拿在手里端详着,前面四个孔,后面一个孔。

柏木继续说道:

“俺习的是琴古流派。今天月亮尤其好，方便的话，俺真想到金阁上吹奏一曲，也好教教你呀。……”

“现在就行。老师不在寺里，老爷子偷懒，也还没有打扫。否则一旦扫过之后，金阁就锁门了。”

要说柏木的出现很是突然，那么，他提出月亮很好，想到金阁上吹箫也很突然。这一切都和我所了解的柏木形象格格不入。尽管如此，对于我单调的生活来说，只要能使我感到惊讶我就高兴。我拿着那只尺八，领他进入金阁。

当晚，我和柏木说了些什么，记不清楚了。恐怕没谈什么实质性的事情。柏木首先不想搬出平时那套奇特的哲学和有毒的反论。

他这次来，说不定是为了向我展露我未从料到的另一个侧面吧。这位只对美的亵渎感兴趣的言语尖刻的家伙，确实向我显示了极为纤细的另一个侧面。比起我来，他对美抱有更加缜密的理论。他不是用语言，而是用姿势和眼神，鸣奏着的尺八的音调，以及凸向月光中的额头在倾诉一切。

我们靠在第二层潮音洞的栏杆上，这段廊缘位于缓缓翘起的深深的庇檐下边，由八根典雅的天竺样①的插肘木交叉支撑，伸向月光朗照的池水。

柏木首先吹了一支小曲《御所车②》，精巧的技艺令我震惊。我学着将嘴唇贴近吹口，但还是没有声音。他教我先用左手拿住上段，将下巴紧紧压住，贴近吹口的嘴唇稍稍张开，使风像一枚又宽又薄的木片送入吹口。柏木认真教给我一些诀窍，可是试了几次还是吹不出声来。面颊和眼睛都在用力，虽然没有一丝风，我却感到池子上的月亮都化作了点点碎片。

疲惫不堪的我在某一瞬间对柏木产生了怀疑。他该不是为了故意奚落我这个结巴，强迫我干这份苦差事吧？然而，这种试着慢慢发出声

---

① 又叫大佛样，镰仓初期，重源再建东大寺所开始采用的宋代建筑样式，以东大寺南大门为代表。

② 宫中使用的牛车。

音的肉体的努力，将那种害怕结巴、一心要圆满发出第一个词儿的普通精神的努力，加以净化了。看来，尚未发出的声音，也许早已确实存在于月光照耀的静寂世界的某个地方了。我只要经过种种努力，到达那种声音，使那声音彻底醒来就行了。

如何才能到达那种声音、那种像柏木吹奏的神妙的声音呢？只有熟练才可以做到，美就是熟练，柏木尽管是丑陋的内翻足，但他已经达到了那种美丽的音色了。我只要熟练也能到达，这想法给了我勇气。但是，我也产生了另一种认识。柏木的《御所车》的曲调之所以那样优美动听，虽然有月夜为背景，但主要的不就是因为他有一双内翻足吗？

随着对柏木的深入了解，我才弄明白了：他讨厌长久保持的美，只喜欢瞬间消失的音乐、数日内枯萎的插花。他憎恶建筑和文学。他来金阁，也一定是为了寻访月光辉映下的金阁。尽管如此，音乐之美是多么不可思议啊！演奏者所成就的短暂的美，在一定的时间内变为纯粹的持续，确实没有反复，虽然像蜉蝣一样生命短暂，但却是生命本身一种完全的抽象和创造。音乐最像生命，虽然同样是美，但金阁之美却远离生命，是一种侮辱生命的美丽。而且，在柏木奏完《御所车》的瞬间，音乐这种虚空的生命已经死去，他的丑陋的肉体和阴郁的认识完好地保留着，既没有受伤，也没有改变。

柏木向美索求的确实不是慰藉！我在不言不语之中明白了这一点。他用自己的嘴唇向尺八的气孔里吹气，于短暂的时间内在这段中空里成就了美之后，自己的内翻足和灰暗的认识，随之比以前更加鲜明地保留下来了。他很喜欢这样做。美毫无益处，美迅疾通过体内而不留任何痕迹，它对一切绝对不会有一点改变……柏木所爱的就是这些。如果美对于我也是这样，我的人生该会变得多么轻松啊！

……我完全按照柏木的指导，练了一遍又一遍，不肯罢休。我的脸涨红了，呼吸也急促起来。这当儿，尺八猝然响起一个刺耳的声音，我仿佛一下子变成鸟，我的喉咙管泄露一声鸟的啼鸣。

“这就对啦！”

柏木笑着大叫起来。虽然决不是美声，但是相同的声音接连不断地发出来。此时，我从这种不像是自己的神秘的声音里，幻想着头顶上金铜凤凰的鸣叫。

*　　*　　*　　*

此后，照着柏木给我的演练本子，我每天晚上加紧练习吹尺八。渐渐地，我会吹奏《白地太阳红》了。由此，我同柏木的交情也一如既往了。

五月，我想到柏木赠我尺八，总得回报一点儿什么才好。可是我没有钱。我决心对他表明，柏木说他不要花钱买的礼物。柏木奇妙地歪斜着嘴角，说出了下面一段话：

"也好，既然你这么说了，那俺就要了吧。最近俺很喜欢插花，不过插花太贵了。碰巧眼下金阁的菖蒲和燕子花开得正旺，你采上四五枝，最好是带有花蕾或者半开的，再配上六七棵木贼草，行吗？今晚上就动手，夜里直接送到俺的住处来好了。"

我随口答应下来，后来一想，其实他是怂恿我去做小偷啊。为顾及脸面，看来我只有当一次盗花贼了。

这天的晚饭是面食，一块又黑又沉的面包，外加一份煮菜。幸好是星期六，下午开始除策①，该出去的人都出去了。今夜又是住在寺内，可以早点儿睡觉，外出的十一点前回来也行。还有，明晨可以"忘寝"，也就是睡懒觉。师傅也已经外出了。

白天过了六点半天就要黑了。刮风了。我等着夜间第一次钟声。八点，中门左侧的黄钟调②的钟声久久拖着余韵传向远方，那明澈而高亢的音色一共响了十八次，谓之"初夜十八声"。

金阁漱清的对面，荷塘的水注入镜湖池，形成小小的瀑布，半圆的栅栏围着这条瀑布的淌水口。那里长着一簇簇燕子花。这几天，花儿尤其好看。

我到那里一看，燕子花丛被夜风吹得飒飒作响。高挺挺的紫色的花瓣儿，伴着沉静的水音震颤着。那一带黑乎乎的，紫花，绿叶，看起来

① 即解除警策。所谓警策就是，坐禅时用一根长方形木板来驱除惰性和困倦。

② 雅乐六调子之一。其中，以黄钟音为宫之旋律。

都是黑的。我想采两三枝燕子花，可是风一吹，花叶就簌簌地从我手里逃脱，一片叶子划破了我的手指。

我抱着木贼草和燕子花来到柏木的住所。这时，他正躺在被窝里看书。我很怕见到房东的女儿，幸亏她不在家。

做了一次小偷，使我甚感快活。一旦遇到柏木，他总是使我干一些小小的违反道德和亵渎先圣的事情，每次都给我带来快乐。然而，我不知道，随着这样的坏事越来越多，快乐的分量也会无限增大吗？

柏木非常高兴地接受了我的礼物。接着跑到房东太太那里借来插花水盘和剪枝用的水桶等。房子是平房，他的住处是四叠半大的厢房。

壁龛里立着他的那只尺八，我将嘴唇抵在气孔上，吹奏了一首小小练习曲。我吹得很好，使回来的柏木大吃一惊。但是今天晚上的他，不是上回来金阁时的他了。

“你吹起尺八一点儿也不口吃了。俺教你尺八，本来是想听听你的口吃的音调呢。”

他的话又把我们拉回初次见面时的同一位置上了。他又回到了自己的位置。因此，我也可以轻松地向他打听，关于那位住在西班牙式楼房里的小姐的事情了。

“啊，你说那个女子啊？她早就结婚啦。”他简单地答道，“俺详细教给她如何将自己装作成一位处女，不过那位女婿是个木头人，看来事情进行得很顺畅啊。”

他一边说，一边将浸在水中的燕子花一枝一枝拿起来，仔细审视一番，再把剪刀插进水里剪下花茎。攥在他手里的燕子花的花影，映在铺席上，巨大地晃动着。接着，他又突然问道：“你知道《临济录·示众》章里著名的句子吗？‘逢佛杀佛，逢祖杀祖’……”

我接下去说：

“‘逢罗汉杀罗汉，逢父母杀父母，逢亲眷杀亲眷，始得解脱。’”

“不错。我说，那个女子就是罗汉。”

“你得到解脱了吗？”

“嗯。”柏木把剪好的燕子花捋齐，瞧了瞧，“这个杀得还不够啊。”

储满着清水的花盘内部涂成了银色。柏木将针座上弯曲的针仔细地修整好。

我清闲无事,继续叨咕:

“你知道《南泉斩猫》的公案吧? 停战后,师傅把僧众召集在一起,讲述了这段故事。”

“《南泉斩猫》吗?”柏木量一量木贼的长度,试着插在水盘里,“论起那段公案,在人的一生中纷纭反复、变幻无常啊。那可是令人毛骨悚然的公案! 人生每逢转弯之处,同一种公案却改变了形态和含义。南泉和尚斩杀的那只猫就是一种灵怪。那只猫很漂亮,你知道,它美得实在无与伦比,双眼金黄,毛皮鲜亮,小巧而柔软的身体像弹簧一般,深深蕴藏着这个世界所有的逸乐和美好。猫就是美凝结的肉块,除我之外,大多数的论客都疏忽了这一点。再说,那猫突然从草丛里冲出来,仿佛是故意所为,闪现着优美而狡黠的眼神终于被逮,随之成为两堂相争的起因。为什么呢? 这是因为,美可以寄身于任何人,但又不属于任何人。美,这个东西,是啊,怎么说好呢? 好比是一颗虫牙。这颗虫牙危及舌头,连累舌头,它疼痛,它要生长存在下去。到了疼痛难忍的时候,才请医生拔掉。自己的掌心里托着一颗鲜血淋漓、黄色而脏污的小小牙齿,这时,人或许会说:‘就是这个? 就是它作的怪? 它使俺疼痛,它不断使俺觉察它的存在,而且在俺身体内部扎下顽固的根子。如今,只不过是个死去的东西啦。可是那个和这个果真是同一种东西吗? 假如这个本来就存在于俺的外部,那么凭借什么缘由,联结俺的内部,成为俺疼痛的根源呢? 这家伙存在的根据是什么? 这根据是在俺的体内,还是在它自身? 不管怎样,俺把它拔掉了,托在掌心上的绝对是别的东西。断乎不是原来那个。’

“明白了吧,美这个东西就是如此。因此,斩猫这类事,看起来就像拔虫牙,抉剔美。然而,这是不是最后的解决办法,则不得而知。美的根源不断绝,即便猫死了,抑或猫的美丽不死。为此,赵州将草鞋顶在头上,以此讽喻此种解决办法太简单化了。可以说,他很清楚,虫牙除了忍耐别无其他解决的办法。”

这种解释完全是属于柏木一流的,不过,他多半揣摸我的语言,看透了我的内心,借以讽喻我的优柔寡断。我这时才真正感到柏木的厉害。他的沉默也很可怕，于是进一步问道：

“那么，你站在哪一边呢？南泉和尚，还是赵州？”

“这个嘛，哪一边呢。眼下，俺是南泉一边，你是赵州一边。过一阵子，也许你是南泉，俺是赵州。这种公案简直就像‘猫眼’一样，变幻不定啊！”

柏木一边说着，手也在微妙地运动着。他将生锈的小型针座排列在水盘中，将当空而立的木贼草插成一排，再配上三片叶为一组的燕子花，逐渐做成一种观水型的插花造型。水盘旁边堆积着洗得很洁净的白色或褐色的圆石子，以备完成之后使用。

他有一双巧手，小小的决断一个接着一个，动作灵活，有条不紊。整体看来，对比匀称，效果集中。自然界的植物在一定的旋律之下，眼见着鲜明地转移到人工的秩序里了。天然的花和叶变形为人工的花和叶，木贼和燕子花不再是无名的同种植物的一枝一叶了。所谓木贼的本质，燕子花的本质，在这里都得到了极为简洁而直率的表达。

然而，他的手的动作有时也很残酷。他那舞动的手势中，对于植物似乎有一种不快的黑暗的特权。每当听到他时不时嘎嗒着剪刀剪掉花茎时，我就仿佛看到了滴滴鲜血。

观水型插花完成了。水盘右端是直线形的木贼，交合着洁净的曲线形的燕子花。一朵花已经盛开，其余两朵也已绽开了花骨朵。一旦放进小小的房间，几乎全部占满了，水盘里呈现着水的静静的投影，隐藏着针座的圆石子，描画着澄明的水边风情。

“真好看哪，在哪儿学的？”

我问。

“跟附近一位女插花师傅学的。她马上就要到这里来了。我一边和她交往，一边向她学习插花。等俺学会，一个人单独能插了，俺就不感兴趣了。她是一位年轻、漂亮的师傅。听说战争期间，她和一位军人好上了，怀了孩子，是死胎，军人也战死了。自那之后，她就一味沉浸于同男人的交际中。这女子手里有一笔小钱，教插花也是她的一种爱好。要不，今晚上你不妨带她去逛逛，随便到哪儿，她都会去的。”

……此时，突然袭来的感动使我精神错乱。那次在南禅寺山门看到那人时，我身边有个鹤川。三年后的今天，那人又通过柏木的眼睛为媒介，将会再次出现于我的眼前。她的那一幕悲剧，曾经为一双明丽而神秘的眼睛所看见，而今，又被一双不相信一切的灰暗的眼睛所窥视。而且，明白无误的是，当时远远望去那皓月一般洁白的乳房，已经为柏木的手所抓摸，当时那包裹于长袖和服内的膝盖，也早已被柏木的内翻足所触及。无疑，这个女人已经被柏木，亦即被一种认识玷污了。

这番思绪给我造成极大烦恼，我真想马上离开这里。但是，一种好奇心又使我留下来。我以为那个女子就是有为子转世，如今又被一个残疾学生所抛弃。我盼望着她早些出现。于是无形中我又产生了一种错觉，我偏袒起柏木来，沉浸于亲手涂抹自己记忆的喜悦之中。

……女子终于来了，我的心里没有一丝波澜。至今我还清晰地记得，那微微沙哑的嗓音，那彬彬有礼的举止和温文尔雅的谈吐，尽管如此，但她双眼闪现着粗野的神色，虽然顾忌我的在场，但对柏木却怀着深深的怨艾……这时，我才悟到柏木今晚喊我来的缘由，他把我当作一堵挡风的墙啊！

女人同我的幻影没有任何瓜葛，她完全停留于最初一见的另一个体的印象之上。她那温雅的谈吐渐渐走调，她也不再瞧着我了。

女人忍受不住自己悲凉的境遇，她似乎想暂时放弃促使柏木回心转意的努力。于是，她突然装出一副轻松的样子，打量一下这间逼仄的住房。她来后半个钟头，才注意到壁龛里的插花。

“挺漂亮的观水型呀，手艺真是高强。”

柏木正等着这句话呢，立即给她个回马枪：

“挺巧妙吧？如此一来，再也不需要跟你学习了。真的，已经用不着你啦。”

女人听到柏木这番直截了当的表白，立即改变了脸色。我对她睃了一眼，女人微微一笑，优雅地挪动双膝来到壁龛近旁。我听见她说道：

“这叫什么插花？什么玩意儿，简直不像样子！”

接着，水花飞溅开来，木贼倾倒了，盛开的燕子花撕毁了，我所盗取的鲜花狼藉满地。我不由得站起身,不知如何是好,只得将背靠在玻璃窗上。只见柏木一把抓住女子纤细的手腕,接着又揪住她的头发,朝她的面颊打了个耳光。柏木接二连三的粗野举动,同他插花时用剪刀剪去叶和茎的残酷的沉静毫无二致,看来正是那种动作的延续。

女人双手捂着面颊逃出了屋子。

柏木抬眼瞧着呆然而立的我的面容,浮现出异样的孩子般的微笑,说道:

"哎,快去追上她,安慰她一番,快,快去呀!"

不知是慑于柏木这话的威力,还是出自对于女子真心的同情,对此我是一派茫然。不过,我还是迅速放开脚步去追,从柏木寓所跑过两三座房子,终于追上了。

那里是乌丸车库后头板仓町的一部分。电车入库的回响震荡着阴霾的夜空,放电的紫光闪烁不定。女子穿过板仓町向东沿着后街而去。她边走边哭,我默默地和她并排而行。不一会儿,她留意到我,便靠了过来。她的声音因为流泪而变得更加沙哑,但说起话来依然保持一副温文尔雅的语气,絮絮叨叨讲述着柏木的恶行。

我们走了一段多么遥远的路程啊!

我的耳畔响着她详细叙说柏木一切恶行的声音,那些恶毒而又卑劣的细节。所有这些,仅仅归结为"人生"这个词儿传入我的耳朵。他的残忍性,以及那些阴谋的手法,背叛,冷酷,向女子强夺钱财的种种行径等,所有这些只不过是在解说柏木有着难以形容的魅力。而且,我只要相信他对自己的内翻足抱有自己的一片真诚就够了。

鹤川暴死之后,我未曾接触过生这个东西。过了很久,才开始接触个别的非薄命的、更加黯淡的生,也就是只要继续活着就不断伤害他人的生的律动,并由此而受到鼓舞。他的"杀的还不够"这句简洁的语言,又复苏过来,震动着我的耳鼓。而且,我心里又泛起了怀想,那是停战当时,我站在不动山顶,面对京都市街一片灿烂的灯火衷心祈祷,大意是:"但愿我心中的黑暗,等于包围着无数灯火的夜的黑暗。"

女子不是朝着自家而去。为了便于说话,她只是挑选行人稀少的后街,无目的地迈着步子。不久,终于来到女子独居的住宅前边,这里究竟是哪条街的角落,我也不甚了了。

已经十点半了,我正想向她告别回寺院去,女子硬是把我挽留住了。

她先进屋打开电灯,冷不防问我:

“你有没有诅咒过别人,巴望他快些死掉?”

她话音一落,我就立即回答“有过”。奇怪的是,当时一直忘却的那位当场见证我的可耻行为的房东的女儿,我曾明确地巴望她早死。

“真可怕,我也有过。”

女子放松下来,她歪斜着身子坐在榻榻米上。屋内是一百瓦的电灯,在节电的年代里难得见到如此明亮的灯光。比起柏木公寓里的电灯,亮度超过三倍。灯光下,女人的身体这才明显地映照出来。博多白绢织造的特大号和服腰带光洁耀眼,友禅织的和服上紫藤色的花纹历历浮现于目前。

从南禅寺山门到天授庵客厅的这段距离,鸟儿也飞不过去。我花费数年的岁月徐徐接近这段距离,如今觉得好容易才到达这里。自那时起,我一分一秒地计算着时刻,一步步接近天授庵,力求弄清那场神秘的情景究竟意味着什么。今天终于实现了,我想这是必有的结果。正如遥远的星光所到之时,地上的景物也发生变化一样,这个女子完全变质了,这是无可奈何的事。而且我以为,假若南禅寺山门一望之时,注定今日我和这位女子相结合,那么如此的改变面貌只需稍加修正就能复旧,那时的我和那时的女人就可以再度重逢。

于是,我说了。我气喘吁吁、结结巴巴地说了。当时的嫩叶复活了,五凤楼天棚绘画上的飞天和凤凰复活了。女子的面颊涌上了红潮,她的眼睛不再是粗野的目光,而是蕴蓄着游移不定的慌乱的神色。

“是这样的吗?啊,是真的吗?这可是奇缘啊!奇缘都是这样的。”

这回,女人的眼眸里噙满了兴奋而喜悦的泪水。她忘掉今天的屈辱,反身投入往昔的回忆,将同一种兴奋转移到另一种兴奋,她为此几乎要发狂了。她的绘满紫藤花纹的和服衣裾紊乱了。

“已经挤不出奶水啦,啊,好可怜的婴儿!虽然挤不出奶水,还是照当时的情形让你看看吧。自打那时候起，你就喜欢我，眼下，我把你当成他。一想到他就忘掉了一切耻辱。我要像那时一样，做给你瞧瞧吧。”

她用果断的语调说罢，看样子，有时过度地狂喜，有时又过度地绝望。恐怕在意识上只有狂喜，而促进这种剧烈行为的真正动力，是柏木所给予她的绝望，抑或这种绝望所具有的黏稠的余味。

于是，她当着我的面解开腰带，接着又解开众多的小衣带。绢织的腰带摩戛有声，我亲眼看到解开来了。女人的领口也敞开了，洁白的酥胸依稀可见，她从那里插进手去，掏出左侧的乳房显示在我眼前。

要说我没有感到某种眩晕，那是撒谎。我看见了，清清楚楚地看见了。然而，我只是作为一个证人。从山门城楼上远远看到的一个神秘的白点儿，并非具有一定质量的肉块。那种印象经过长久的发酵，眼前的乳房只不过是肉块本身，一种物质罢了。而且，这肉块不是为了诉说什么，也不是为了诱发什么。它只是作为存在的毫无意味的证据，由“生”剥离出来，徒然显露于此的一种物体。

我又要撒谎了。是的，我确实感到了眩晕。我的眼睛仔细地看见了，那乳房穿越“女乳”这一概念次第变形，成为一个个无意义的断片。我逐一看见了这一转变的全部过程。

……不可思议的事情还在后头。因为这种目不忍视的过程，在我的眼里最终都成为美丽的风景。它赋予美一种荒寂的、无感觉的性质，乳房虽然在我眼前，但却徐徐封闭在自身的原理之中，就像玫瑰封闭于玫瑰的原理之中一样。

美之于我总是姗姗来迟。我总是落于人后，当别人同时发现美和官能的时候，而我却在遥远的以后。眼见着乳房恢复了同整体的关联……它超越肉体……变成一种无感觉的、不朽的物质……一种同永恒相连接的东西了。

但愿能察知我究竟想说些什么。这时，金阁又在那里出现了，准确地说，乳房变形为金阁了。

我想起初秋值班的那个晚上，夜里刮了台风。尽管明月当空，夜间的金阁内部，悬棂窗内侧、板窗内侧、金箔剥落的天棚下面，沉淀着浓重的豪奢的黑暗。这是当然的。为什么呢？因为金阁本身就是一种建筑造型十分圆满的虚无。同样，眼前的乳房尽管表面明净、放散着肉的光辉，但内部储满了相同的黑暗。其实质是同一种凝重的豪奢的黑暗。

我决非迷醉于认识之中。认识反倒被践踏，被侮辱。生或欲望自不待言！……然而，深深的恍惚感不离开我，我麻痹了，同那裸露的乳房对坐了一会儿。

……

于是，那女子将乳房放回怀中，我又遭遇了严冷和轻蔑的目光。我请求离去，女人将我送到门口 ，她在我的背后，响亮地关上了那道格子门。

——回到寺院之前，我依然处于恍惚之中，乳房和金阁在我心里交替出现，洋溢着一种无力的幸福感。

可是，当我走到风声簌簌的那片黑松林附近，看见后面鹿苑寺大山门的时候，我的心慢慢冷却下来，浑身松软，沉醉的心情变为厌恶，心中充满莫名其妙的憎恨之情。

“我又和人生隔绝了。”我自言自语，“这回，金阁如何保护我呢？我没有提出请求，为什么要把我同人生隔绝开来？诚然，金阁也许会把我从地狱里救出来的，但这样一来，金阁就使我成为一个比下地狱还坏的人，把我当作一个‘比谁都通晓地狱消息的人’了。”

黝黑的山门寂静无声。耳门的灯光微微地亮着，直到早晨敲钟时才会熄灭。我推了推耳门，里侧那把吊着悬锤的生了锈的老铁锁发出响声，原来这门是开着的。

守门人已经睡了。耳门内侧贴着一张通知：晚上十点以后归寺者请锁门。还有两枚木牌没有翻过来，一枚是师傅的，还有一枚是年迈的清洁工的。

走着走着，看到右侧作业场上摆着好几根五米多长的木材，即便在夜间也显现着明净的木色。走近一看，到处都落满了粗大的锯末，地面上好像分布着细密的黄花，黑暗里飘浮着浓郁的木香。来到作业场一侧的辘轳井旁边,我本想回厢房,可是又折了回来。

就寝之前,我必须再一次看看金阁。于是,我离开人们静静入睡的鹿苑寺本堂,经过唐门前面,走上通往金阁的道路。

我看见金阁了。它被包围在喧闹的树林之中,在黑夜里岿然不动,然而,它一直站立着,绝不睡眠,犹如黑夜本身的卫士。……是的,我从未看到金阁像安眠的寺庙一样沉睡。这座不住人的建筑,已经将睡眠忘却。住在里面的黑暗完全免除了人世间的一切法则。

我面对金阁,平生第一次粗野地、几乎用诅咒的语调呼唤着:

“我总有一天会将你征服,使你不再给我造成麻烦。等着吧,总有一天我定要把你据为己有!”

这虚幻的声音在深夜的镜湖池上回荡。

第七章

总之，我的体验里有一种巧合在起作用，犹如一道镜廊，一个影像一直延续到无限的深处，新近遇见的事物，也会清晰地映射出过去所见到的事物的影子。被这种相似所引诱，不知不觉就会一步步走向长廊的尽头，进入深不可测的内里。命运这种东西，我们都不是突如其来撞上的。那些最终处以死刑的人，平时路上所见到的电线杆子和岔道口，也都会不断在心中描画成绞刑架的幻象，感到很亲切。

因此，我的体验里没有堆积物，没有堆积成地层、形成山峦的厚度。除金阁之外，我不亲近所有事物，即使对自己的体验也不抱有特别的亲近。我仅仅从这些体验中认识到：那些尚未被黑暗的时间的海洋吞噬的部分，那些尚未陷入毫无意义的重复之中的部分，由这样一些小部分的连锁形成的可恶的不祥的图画，正在逐步成形。

这么说来，那些一个个小部分到底是什么呢？有时我在考虑这个问题。但是这些闪光的斑驳的片断，较之路边啤酒瓶光亮的碎片更加缺少意味，缺少法则性。

尽管这样，却不能将这些片断看做过去曾经是形状美丽而完整的崩落的碎片。这些断片虽然于无意义之中，在法则性完全阙如的情况下，被社会当作一种不像样子的形态所抛弃，但都各自梦想着未来，它们凭借断片的身份，毫无畏葸地、胆战心惊地、沉静地……梦想着未来！梦想着决不会痊愈和恢复的、无法把握的、前所未有的未来！

此种不明确的省察，也会给我一种不合乎常理的抒情式的激昂。每当这种时候，若是月明之夜，就带上尺八，到金阁旁边吹上一阵子。如今，柏木曾经吹奏的《御所车》这支曲子，我不看乐谱也能吹奏了。

音乐似梦境，但同时又更像与梦境相反的确实觉醒的状态。音乐究竟像哪一方呢？我在思忖着这个问题。总之，音乐有时具有使这两种截然相反的方面相互转化的力量。而且，有时我很容易融入自己所吹奏的《御所车》的曲调里。我的精神懂得融入音乐的快乐。与柏木不同，音乐之于我，确实是一种慰藉。

……吹完尺八，我一直在想，金阁为何默认了我对于音乐的融入，而不加谴责和干涉呢？另一方面，当我要融入人生的幸福和快乐的时候，金阁有没有一度饶恕过我呢？忽而阻挡我的融入，使我回返我自身，难道这不就是金阁的常规做法吗？金阁为何只限于音乐方面允许我的酩酊与忘我呢？

……这样一想，正因为被金阁所容许，音乐的魅力才稀薄了。为什么呢？因为既然为金阁所默认，那么音乐看起来不论同“生”如何相通，也只能是虚假的捏造的“生”。尽管我想融入其中，但这种融入也只能是暂时的。

切勿以为我在女人和人生上两次受挫以来，从而变得气馁和退缩了。昭和二十三年年底之前，我曾有过好几次机会，柏木也曾帮过忙，我也毫不松懈地应对了。但是，结果都是相同的。

金阁屹立于女人和我之间、人生和我之间。当我想一把抓住它时，立即化作灰烬，展望也化作沙漠了。

有一次，我到厢房后面的田地里干活儿，空闲时看到蜜蜂围绕夏菊花的小小黄色的花瓣嗡嗡飞舞。阳光普照，这只震动着金色的羽翼而飞翔的蜜蜂，从众多的夏菊花中只挑选一朵，在这朵花的前头恋恋不舍。

我用蜜蜂的眼睛观察，菊花绽开了黄色的端正的花瓣儿，一点瑕疵都找不出来。它正如小金阁一般漂亮，如金阁一般完整。但是，它决没有变成金阁，而只停留于一朵夏菊花上。是的，这确实是菊花，是一朵花，不含有任何形而上的暗示，而只停留于一种形态之上。由于保持存在的节制，才得以释放充溢的魅力，从而和蜜蜂的欲望相等同。于无形的、飞翔、流动、强力的欲望面前，如此隐身于对象的形态而生息，这是多么神秘啊！形态渐渐变得稀薄、残破、战栗，这也是理所当然。因为菊花端正的形态是仿照蜜蜂的欲望而生成，其美丽的自身，是面向预感而绽开的花朵。如今，正是形态的意味在生之中大放光明的瞬间。形就是无形流动的生的铸型，同时，无形的生的飞翔是这个世界一切形态的铸型。……蜜蜂如此突进花的深部，沾满花粉，溺身于酩酊之中。我看到接纳蜜蜂的夏菊花自身，也变成身着黄色铠甲的蜜蜂，剧烈地摇晃着身子，眼看就要离开花茎而飞翔起来了。我几乎被这种光与光之下进行的交合弄得眩晕了。我又蓦地脱离蜜蜂之眼还原为我自己的眼睛了。这时，我眼望着一切，心想，我的眼睛正好对着金阁眼睛的位置上。是这样的，我中止了蜜蜂的眼睛，还原为自己的眼睛，生迫近我的一刹那，我中止了我的眼睛，将金阁的眼睛据为己有。此时，金阁正好出现于我和生之间。

……我还原自己的眼睛，蜜蜂和夏菊，于广漠的物的世界里仅仅停留于所谓“被排列”的位置上。蜜蜂的飞翔和花的摇动，同吹拂的清风没有什么两样。在这静止的冰冻的世界上，一切都是同等资格的，曾经那般释放魅惑的形态死灭了。菊花并非因为形态，只是因为漠然被呼叫的“菊花”的这一约定俗成的名称而呈现着美丽。我不是蜜蜂，所以我不受菊花的诱惑。我不是菊花，我也不为蜜蜂所追慕。所有的形态与生之流转那种亲和力都消失了。世界被丢弃到相对性之中，只有时间在流动。

永恒的绝对的金阁出现了，我的眼睛变成了金阁的眼睛。此时，世界变形了，在这个变形的世界中，惟有金阁保持着形态，占有着美丽，其余的一切都将化作沙尘。这是毋庸赘言的。自打那个妓女踏入金阁庭园以来，尤其是鹤川横死之后，一个疑问一直在我胸间翻腾：“即便如此，恶会获得成功吗？”

*　　*　　*　　*

这是昭和二十四年过年时候的事。

正巧遇上星期六除策（解除警策①的意思），到三番馆这种便宜影

---

① 警策，指坐禅时为抵御困倦用于击打肩膀的戒尺。

院看电影回来，我独自一人久久地在新京极一带游逛。杂沓的人群中遇到一张极为熟悉的面孔，一时想不起是谁来，那面孔一晃就消失在我的身后的人流之中了。

那人头戴呢帽，身穿高级外套，围着围巾。他身旁走着一个身着枣红色大衣的女子，看来明显是个艺伎。男人面孔微胖而红润，有着中年绅士罕见的、孩子般的清洁之感，长长的鼻子……不是别人，老师独有的脸部特征全然被一顶呢帽抹杀了。

我这里虽然没有任何值得内疚的事，但我却害怕被他发现，立即泛起想迅速躲开的念头。因为，我不愿意作为老师微行的目击者或证人，从而同老师结下相互信赖或不信赖的关系。

这时候，一只黑狗在新年夜晚杂沓的人群里走着。这只黑色狮子狗看来在人堆里习惯了，它在混杂着华美的女子外套和军大衣的行人的脚步中，灵巧地钻来钻去，挨近各处店头。狗走到圣护院八桥①传统礼品老铺前面，嗅着气味。借着店里的灯光，我才看清楚狗脸，一只眼睛烂了，烂眼角边凝固着一圈儿眼屎，鲜血如玛瑙一般。那只好眼一直俯瞰着地面。狮子狗紧绷着脊背，那里耸起一簇坚硬的毛来。

不知为何，这只狗竟如此引起我的关心。抑或这只狗将这条繁华的大街只当成一个别的世界，使得它随处徘徊，不忍骤然离开吧。狗走在只凭嗅觉的黑暗的世界里，这个世界和人类的大街两两重合，灯火和唱片里的歌声笑语，被执拗的黑暗的气味所威胁。因为气味的秩序最确实，狗蹄子上濡染的狗尿的臊气，同人的内脏器官所释放的微臭，紧紧联系在一起。

气候寒冷。两三个做黑市生意的青年一把捋下门松上的松叶（虽然过了插门松的期限，而门松尚未撤除）扬长而去。他们张开戴着崭新毛皮手套的手掌，一个人掌心里只有几片松叶；另一个人手里握着小小的松枝。黑市商人笑着走了过去。

我不知不觉跟着狗一路走去。狗时而消失，时而出现。它拐向了通往河原町的道路，我就这样走在比新京极更加晦暗的电车线旁的行

---

① 米粉皮烤制或包裹豆沙等甜馅，切成长三角形的和式馃子。

人道上。狗的身影消失了。我站下来左顾右盼,然后来到车道旁边,睁大眼睛搜寻狗的去向。

这时,一辆闪光的出租车在我面前停下来。车门打开了,一个女人先上了车,我不由向那里瞧了瞧。随女人之后将要上车的男子,蓦地注意到了我,站在原地不动了。

那是老师。刚才和我擦肩而过的老师,同那女子转了一圈儿之后,不知为何又同我相遇了。总之,这是老师,最先上车的女子枣红色的外套也是我刚才见到的那种颜色。

这回我无法躲避了。然而,我一下子吓蒙了,立时说不出话来。越是发不出声来,越是在嘴里一个劲儿咕嘟着什么。终于,我的脸上出现了一种连自己都意想不到的表情。我突然冲着老师莫名其妙地笑了笑。

我无法解释为什么要笑。笑好像是从天外来的,突然贴到我的口角上了。谁知,老师看到我笑,立即变了脸色:

“混账! 你在跟踪我吗?”

随着一声叱骂,老师斜睨了我一眼,倏忽登上车,用力关上车门,车子开走了。当时我突然猛醒过来,先前在新京极老师确实看到我了。

翌日,我干脆等着老师把我叫去痛骂一顿,那时或许是说明情由的好机会。谁知,就像上次踩踏妓女事件一样,我从第二天起,开始受到了老师一味不加理睬的惩罚。

不巧这时又接到母亲的信,末尾还是那句老话:我要活到你当上鹿苑寺住持那一天。

“混账! 你在跟踪我吗?”

老师的一声断喝,使人越琢磨越不是味儿。如果是一位诙谐豪放、光明磊落的禅僧,是不会用这种粗俗的叱骂对待徒弟的,而会吐出一句更有效果的寸铁杀人一样的话来。事情已经无法挽回,回头想想,当时老师一定是误解了我,以为我一直监视他,终于抓到了他的狐狸尾巴。他看到我的表情觉得是在嘲笑他,于是狼狈之余,不由对我发起怒来。

这个且不说,老师的无言使得我天天感到不安,老师的存在形成了一股巨大的力量，犹如一只在我眼前往来飞旋的蛾影。往常，老师应邀外出做法事，总是由一两位侍僧伴随，本来副司一定要陪同去的，可是最近实行所谓民主化，由副司、殿司和我以及另外两个徒弟，五个人轮流作陪。至今给人留下爱找麻烦的那位舍监，被抓去当兵，战死了。舍监的职位由四十五岁的副司兼理。鹤川死时，又补充了一名徒弟。

这时候，同属于相国寺派的一位有来头的寺院住持死了，老师应邀出席新任住持的入院典礼，轮到我陪伴他。因为老师没有排斥我做他的陪侍，所以我在心里盘算着，这来回的路上正好是我说明缘由的机会。可是到了头天晚上，又追加一个新来的徒弟做陪伴，因而我对那天寄予的希望有一半落空了。

亲近五山文学①的人，也一定通晓康安元年石室善玖入院京都万寿寺时的《入院法语》②吧。新任住持到任，从山门至佛殿、土地堂、祖师堂，最后进入方丈③，一路上都要逐一述说美好的法语。

住持指着山门心里按捺不住履新的喜悦，自豪地吟诵道：

“天域九重内，帝城万寿门。空手拔关键，赤脚上昆仑。”

开始烧香了。举行向嗣法师④报恩的嗣法香仪式。过去，禅宗不囿于惯例，首先尊重个人省悟之系谱，在那个时代，不是师傅决定弟子，而是弟子选择师傅。弟子不仅限于最初受业之师，亦可接受诸方师傅之印可⑤。其中，在嗣法香仪式上所述说的法语中，必须公开宣示自己希望继承的嗣法师的名字。

我一边观看这种令人愉快的烧香仪式，一边陷入烦乱的思绪里，我想等我继承鹿苑寺、参加这种嗣香仪式时，也要按惯例宣告老师的名字吗？我也许会打破七百年惯例，说出另外的名字。早春午后的方丈冷

---

① 镰仓室町时代，镰仓与京都五山禅宗僧侣之间多以汉诗文进行酬答来往，是为江户儒学之源头。

② 入院时的语言、语句、文章。祖师、高僧等对于佛的教义进行平易的解说。

③ 禅宗寺院长老、住持的住居，有时指住持本人。

④ 接受印可（后注）证明而继承佛法的人，谓之嗣法，其师谓之嗣法师。禅宗嗣法仪式上，弟子坐曲录（座椅），师傅在前面施以三拜九叩之礼。

⑤ 师僧证明弟子悟道已经熟达。“印”即信用，“可”乃许可之意。

寂寂的,飘溢着五种香的香气。三具足[1]后面闪光的璎珞,围绕本尊背后炫目的光背[2],并肩趺坐的僧众们袈裟的色彩……我梦想着,假若有朝一日,我坐在这里焚香,会是怎样呢？我脑里描绘着自己当上新任住持的姿影。

……到那时,我将会在早春凛冽的大气的鼓舞之下,以世上耳目一新的背叛踏破这种习惯吧？列坐的僧众惊讶地张口结舌,因愤怒而面色苍白吧？我不想道出老师的名字,我要说出别的名字。……别的名字？然而,使我真正省悟的老师是谁呢？真正嗣法的师傅是谁呢？我说不出来了。这个别的名字因受口吃的阻碍,不容易说出来。到时我会犯口吃,或许结结巴巴将这一别的名字说成是“美”,是“虚无”吧。要是这样,就会招来满堂爆笑,我也只能尴尬地呆立于这笑声之中了……

——梦想迅速清醒了。老师有该做的事情,我作为侍僧要给予协助。对于坐在这种席位上的侍僧来说,本来是值得夸耀的,因为鹿苑寺住持是当日来宾的上首[3]。一旦嗣香结束,上首就敲打一种名叫“白槌”的槌子,证明新任的住持不是赝浮图或赝和尚。

老师赞道:

“法筵龙象众,当观第一义。[4]”

接着,用力敲响了白槌。白槌的声音震动着方丈,向我发出警告:老师具有实实在在的权力!

我无法忍受老师对我无期限的一味不加理睬的态度。我若多少有些人的感情,就无法不期待对方对我也要有相应的感情,不管是爱还是憎。

每到关键时候就窥伺老师的脸色,这是我的一个极没有出息的习惯。其中,看不出任何特别的感情。那种毫无表情的脸面甚至谈不上

① 佛具三品:花瓶、烛台和香炉。
② 佛像的后光。
③ 法事上位于最高坐席的年长而富于才德的僧人。
④ 意思是,参列此次法事的高僧圣人,皆应看做第一义者。

冷酷。即便那副无表情的样子意味着侮蔑,那么这侮蔑也不是对我个人,而同样对着更加普遍的东西,比如整个人性和各种抽象的概念。

打那时候起,我硬是逼使自己不断想象着老师那动物般的头形和丑陋的肉体。想象他排便的姿势,甚至想象他和那位身穿枣红外套的女人一起睡觉的姿势。我想象着他那无表情的脸色缓解了,流露着快感的脸上显示出一副似笑非笑、似苦非苦的表情来。

他那光亮而柔嫩的肌肉,和同样光亮柔嫩的女人的肌肉互相融合,分不清谁是谁了。我想象老师大腹便便,同女人肥白的肚子抱合在一起的情景。……然而,奇怪的是,不论我如何放纵想象,老师的无表情便立即跟排便和性交等动物性的表情相关联,而缺乏充填其间隙的东西。日常细微感情的色相并不像彩虹一样将其连成一气,而是由一个极端转型为另一个极端。仅仅关联其间、仅仅给予一些线索的、只是那一瞬的相当粗俗的叱骂:“混账!你在跟踪我吗?”

想烦了,等厌了,到头来,我也被一种欲望俘虏了,欲罢不能。我只想清清楚楚抓住一次老师丑恶的面颜。结果想到了这样一个计策,虽说有些疯狂,有些孩子气,明知会给我带来不利,但我已经无法控制自己了。这出恶作剧,将会进一步加深老师对我的误解,可我顾不得这一切了。

上学时,我向柏木打听清楚店铺的地点和名称,柏木告诉了我,也没有问我要干什么。当天,我及早来到那家店铺,看到许多像明信片一样大的印有祇园名妓的照片。

这些经过人工化妆的女人的面颜,初看起来都一个模样儿,但看着看着,便从中浮现出微妙的性格上的浓淡来。透过涂抹白粉和胭脂的同一副假面,多种色调栩栩如生地在眼前跃动:有的晦暗,有的明朗;有的闪现着精明的智慧,有的流露出浮艳的愚痴;有的神情悒郁,有的容颜欢娱;有的不幸,有的幸福……最后,我好不容易选取了满意的一张。这张照片在店头明晃晃的电灯光下,借着表面有光纸的反射,差一点儿逃过我的眼睛。我拿在手里,反射消失了,那个身穿枣红色外套的女子的容颜出现在眼前。

“就买这张。”

我对店老板说道。

我为何会如此胆大妄为呢？这出自一种奇异的心理，一旦着手实行，我就变得异常兴奋，陶醉于无法解释的喜悦之中，这种带有几分勇气的心理和制订计划时的心理正好互相呼应。我首先考虑的办法是瞅准老师外出的时机，使他摸不透究竟是谁作的孽。但不久，一种昂扬的情绪驱使我选择了更加危险的方法，我要让他知道事情是我干的！

如今，给老师房里送早报还是我的一项差事。三月里，一个寒气砭肤的早晨，我像寻常一样到大门口取报纸。我从怀里掏出那张祇园女子的艳照塞进一份报纸里，这时我的心脏激剧跳动起来了。

我走到前庭小花园的中央，围成一圈儿篱笆墙的苏铁，沐浴在朝阳之中。那一棵棵粗糙的树干，在晨光里显现出鲜明的裂纹。左方有一棵小菩提树，四五只倦归的金翅雀站立在枝头，发出轻微的捻动佛珠般的鸣叫。明明有金翅雀在，但我还是感到意外，旭日辉映的枝头上，微微移动的黄色的胸毛确实是金翅雀啊！前庭的白色沙石地，一派寂静。

草草揩拭扫除过的走廊到处湿漉漉的，我小心翼翼地走着，不让积水濡湿双脚。大书院老师的住房的障子门依然紧闭着。门上的白色看上去十分鲜明，时候还早呢。

我跪在廊下，照旧说道：

“打扰了。”

老师应了一声。我推开障子门走进去，将一沓报纸轻轻放在桌子的一角上。老师俯伏着身子似乎在看书，没有看我一眼。……我退出来，关上障子门，强使自己镇静，慢悠悠沿着走廊向自己的宿舍走去。

我坐在自己房间里，离上学还有些时候。我一任心脏怦怦地跳动，在这之前，我从未怀着希望等待过什么，这回的作孽只是期待着老师的憎恨。然而，我又幻想着人与人之间互相理解的戏剧性的热情洋溢的场面。

老师也许会突然来到我的宿舍饶恕我。被饶恕的我有生以来，也许会感受到那种清纯无垢的明朗的感情，就像鹤川生前一样。老师和我也许会拥抱在一团儿,惟一剩下的无疑是悲叹相互理解来得太晚了。

时间尽管短暂,可我为何热衷于这种颇为滑稽的幻想呢?我无法说得清楚。冷静地想想,我是借着这种拙笨的愚行激怒老师,使他从住持候补的名单里一笔勾销我的名字,借此机会强使自己永远丢掉当金阁住持的希望。当时,我甚至忘记了我对金阁的永恒的执着。

我专心地侧耳倾听大书院老师房间里的动静,没有传来一点儿声音。

这次只有静等着老师大怒之后雷鸣般的叱骂了。拳打脚踢,血染铺席,我全认了,毫不后悔。

然而,大书院鸦雀无声,听不到一点儿动静。……

早晨,该上学去了。我走出鹿苑寺,心情困疲,精神颓丧。坐在教室里,却听不进老师的讲课。对于老师的提问,我回答得文不对题,惹得大伙儿一阵哄笑。我看到只有柏木漠不关心地望着窗外,柏木一定注意到我心中有鬼。

回到寺院,没有任何变化。寺里的生活晦暗、发霉,永恒不变,今天和明天不会发生任何差异和悬隔。今天又轮上了每两个月一次的教典授课。寺里的人全部集合在老师的起居室里听讲。我确信,老师恐怕会借着讲授"无门关"一课拿我兴师问罪。

我确信的理由如下:在今晚的课堂上,我将同老师相向而坐,这样虽说有些不合我的常态,但却能直接感受到一种堪称男性勇气的作为。因而,老师也会相应表现出男性的美德,打破伪善,在寺院的全体人员面前,公开坦白自己的行状,然后再拷问我的卑劣的手法。

……黯淡的电灯光下,寺里人员手捧教科书齐集于一堂。夜气寒冷,老师身旁只放着一只小手炉。只听到他抽搐鼻涕的声音。一齐低俯着的老幼的脸孔影影绰绰,每一张脸上都飘溢着一种莫名的倦怠的神色。新来的徒弟白天在一所小学里任课,他的近视眼镜不时从瘦小的鼻梁上滑落下来。

只有我一人感到底气很足,至少我是这样想。老师打开教科书,向大家环视了一下,我的眼睛一直追逐着老师的眼睛,我要使他看到我始终不会低头的。然而,老师那被肥嘟嘟的皱纹包裹的眼睛,毫无感兴地掠过我的视线转向邻近的面孔。

开始授课了,我只等着半道上突然转向我的问题。我竖起耳朵。老师的声音一直很大,但听不到他一句发自内心的话来。……

当晚我睡不着觉,我蔑视老师,对他的伪善嗤之以鼻。接着便萌生了悔恨,我恨我不能永远保持此种昂扬的情绪。对于老师伪善的轻蔑,奇妙地同我懦弱的心性相结合,我终于明白对方是个不值一提的人,哪怕向他道歉,也不是我的失败。我的心一旦升上顶点,早已急遽地下滑了。

我想明天一早就去赔礼道歉。到了早晨,心想反正今天去赔礼道歉。老师的表情依然没有变化。

微风拂拂的一天,我放学回来,无意地拉开抽屉,发现一个白纸包。里头包的正是那张照片,纸上没有写一个字。

老师似乎想用这个办法了结这段公案。显然,他不是不计较了,而是向我发出警告:我的一切行为都是无效的。然而,返还照片的奇妙的方法,蓦地给我一大堆想象。

"老师一定很苦恼。"我想,"他想必是经过冥思苦索之后才使出这一手来的。现在他确实恨我,他多半不会憎恨这张照片,然而由于这张照片,使得老师不得不在自己的寺院中,躲开众人的耳目,蹑手蹑脚经过无人的走廊,探访从未来过的徒弟的房间,简直像犯罪一般打开我的抽屉。那种出于无奈做出的卑下的行动,使老师获得了充分憎恨我的理由。"

想到这里,我心头突然迸发出莫名的喜悦。接着,我投入了愉快的作业。

我用剪刀把女人的照片剪碎,用结实的书写纸包了两层,握在手心里向金阁走去。

金阁依然屹立在清风明月的夜空之下,保持着永恒不变的黯郁的均衡。林立的纤细的廊柱承受着月光的时候,看起来像琴弦,金阁有时就像一只巨大的神奇的乐器。月亮时高时低,造成了这样的景观,今夜也一样。但是,风决不震响琴弦,只是白白地打琴弦缝里穿过去。

我拾起脚边的小石子,用纸裹起来,拧结实。然后将坠上重物的剪碎的女人面部照片,投向镜池湖湖心。悠悠扩大开来的波纹,不久就到达我临水站立的脚边。

*　　*　　*　　*

这年十一月,我突然出走了,这是好多事日积月累的结果。

回头想想,看似突然的出走,实际上经过一段长久的深思熟虑的过程。但是我喜欢把这事看做是受某种冲动驱使的行为。因为我内心里缺乏一种根本的冲动,所以我尤其喜欢模仿冲动。比如一个人,头天晚上订下计划,翌日要去给父亲扫墓,结果第二天走出家门,来到车站前边,突然想起要到朋友家喝酒。你能说他是纯粹的冲动吗?他突然改变了主意,比起过去长期的扫墓准备工作来,难道不是更具意识性的、对自己的意志实行报复的行为吗?

我出走的直接动机是来自老师那句明言,前一天老师首次用决绝的口气对我说:

“本来打算让你做我的接班人,现在明确告诉你,我没有这份心思啦!”

这虽然是初次宣告,但我很早就有预感,觉悟到迟早会有这一天的。所以我并不感到突然,更没有大惊失色,狼狈不堪。尽管如此,我还是认为,我的出走毕竟是受到老师这句话的刺激,一时冲动采取的行动。

照片事件换得老师满心憎恶之后,我的学业眼见着开始荒废了。预科一年级考试,汉语、历史笔试得了八十四分,总分七百四十八分,名次八十四人中位列第二十四名。总课时四百六十四小时,旷课不过十四小时。预科二年级成绩总分六百九十三分,名次七十七人中掉到三十五名。然而,尽管我没钱去花时间享受,只是想清闲地待着,不愿去上课。这些都是升入三年级以后的事,这个新学期是在发生照片事件之后才开始上课的。

第一学期结束时,学校给我警告,老师也斥责了我。斥责的理由固然是成绩不好，旷课时间太多，但更不像话的是每学期三天的接心[1]课我全都没到，这使老师大为光火。学校的接心课暑假、寒假和春假前夕各有三天，诸事进行皆和专门道场的形式相同。

这回，老师将我叫到自己房间里训斥，倒是一次难得的机会。我一直低着头，无言以对。尽管我暗暗在心里期待着，但关于照片以及上次那个妓女勒索钱财等事情只字未提。

不过打这时候起，老师对我的态度明显地疏远了。可以说，这是我所希望的结果，是我希图见到的证据，也是我的一个胜利。而且，为了取得这一胜利，我单凭逃学就足够了。

三年级第一学期，我的旷课时数达六十多小时，相当于一年级三个学期旷课时数的五倍。这些时间既不是用来读书，也没有花钱去娱乐，除了偶尔和柏木聊天之外，我一个人什么也没做。大谷大学的记忆也就是无为的记忆，只是一个人待着，无所事事。这种无为也许就是我个人的“接心”吧？在这段闲暇时间里，我丝毫也不觉得无聊。

有一次，我一连几个小时打坐在草地上，看蚂蚁搬运红土细粒筑巢的情景。这不是因为蚂蚁会引起我的什么兴趣。我也曾经久久呆望着学校后面工厂的烟囱升起的稀薄的烟雾，这也并非烟雾能引起我的什么兴趣。……我只是感到我从头到脚整个身子都沉浸在“自己”的存在里。外界的一切时而冰冷，又时而火热。是啊，怎么说好呢？外界既陆离斑驳，又花里胡哨。自己的内部和外界不规则地缓缓交替着，周围一无情趣的风景闯入我的心中，尚未闯入的部分在一方辉煌地闪耀。这煌煌闪耀的东西，有时是工厂的旗帜，有时是围墙上难看的污点，甚至是丢弃在草丛里的一只旧木屐。所有的东西都一瞬一瞬地在我胸中升起，继而又死灭。一切未成形的思想，姑且这样说吧。……重要的东西和琐末细事联手，今日报上读到的欧洲政治事件，仿佛也和眼下的旧木屐有着割不断的联系。

我曾经面对草叶尖端上的锐角沉思良久。说沉思也不恰当，这些奇特的零乱的念头决不连续在一起，犹如一首乐章的副歌，在我半死不

---

① 禅宗僧人显示禅的教义。

活的感觉上执拗地反复出现。为何草叶的尖端必须是这种锐角呢？如果是钝角，草叶的种别就会失去，自然界就会从这一角开始崩溃吗？那么一旦拆掉自然的一个小小齿轮，不就能使整个自然界全体覆没吗？接着我便徒然地设想了各种办法。

——老师的训斥忽地泄露出去了，寺院里的人对我的态度日渐险峻起来。一直嫉妒我上大学的那位徒弟，总是带着胜利者自豪的奸笑看着我。从夏到秋，我住在寺里，一直不愿和别人多说话。我出走的前一天早晨，老师吩咐副司来喊我。

那是十一月九日的事，我上学之前。我穿着制服，来到老师面前。

老师原来那副颇带福相的面孔，一见到我就异样地绷得紧紧的，显得很不愉快，似乎不情愿搭理我。我呢，当看到老师的眼睛像盯着一个麻风病人一样看着我的时候，心里十分痛快。那双眼睛储满了我所希望的富有人性的感情。

老师立即移开视线，在手炉上一边搓手，一边说话。他柔软的掌心互相搓合发出的声音，在初冬早晨的空气里听起来是那样细微，那样清澄悦耳。和尚的肌肉与肌肉，似乎显得过分亲密了。

“你死去的父亲要是地下有知该是多么悲伤。看看这封信吧，又是学校寄来的。这事到底打算怎么办？你自己好好考虑考虑吧。”——接着，就说出了那句话，“本来打算让你做我的接班人，现在明确告诉你，我没有这份心思啦！”

经过一段长久的沉默，我说道：

“这和永远抛弃我有何不同呢？”

老师没有马上作答，不一会儿他说：

“你以为到这个份儿上，还不该被抛弃吗？”

我没有回答。好大一会儿，我无端地结结巴巴谈起别的事情来。

“老师对我了如指掌，我对老师也一清二楚。”

“知道又怎么样？”——和尚目光黯淡下来，“白费力气，毫无用处！”

我比任何时候都更加看清了一个完全抛弃现世的人的脸孔。这是一副逐一玷污着金钱、女人等一切生活细节，极力辱弄现世的人的脸孔。……我一阵厌恶，好像触及一具血色温柔的死尸。

此时，我心里产生一种痛切的感觉，我要暂时同自己周围的一切疏远开来。离开老师的房间，我不住琢磨这个问题，这个想法越来越坚定了。

我用包袱皮把佛教词典和柏木送我的尺八包在一起，连同书包拎在手中，急急忙忙赶往学校，一路上想的尽是关于出走的问题。

进入校门，正巧看到柏木走在前头。我一把拉住柏木的膀子，将他带到路边，向他提出借三千元钱。我把佛教词典和尺八托付给他，或许对他有些用处。

平素那种长于雄辩的、堪称哲学式的豪爽的神情，早已从柏木的脸上抹消了。他眯细着双眼，用一副朦胧的神色看着我。

"还记得《哈姆雷特》剧中那位雷欧提斯的父亲对儿子的忠告吗？他说：'不要向人借钱，也不要借给人钱。借给人钱，就没有钱，还会失去朋友。'"

"我已经没有父亲了。"我说，"不愿借就不借吧。"

"俺没有说不借啊，咱们慢慢合计一下，看能不能凑齐三千元。"

我不由得想起那位插花师傅对我说的柏木的手段，我想揭露他花言巧语从那女子身上骗钱的伎俩，但话到嘴边又控制住了。

"先考虑一下如何把这词典和尺八卖掉。"

柏木说罢，忽地转身奔向校门。我也调头和他肩并肩缓步而行。柏木告诉我，那位"光"俱乐部的学生经理因金融犯罪被逮捕，九月里释放之后，威信一落千丈，境况非常艰难。那位"光"俱乐部经理，自打今年春天以来，引起柏木很大的兴趣，时常出现在我们的话题之中。柏木和我都认为他是社会的强者。没想到仅仅两周以后他就自杀了。

"借钱干什么用？"

柏木突然问我，这不像是他提出的问题。

"想去旅行，到一个地方逛逛。"

"还回来吗？"

"也许……"

“你想逃避什么吧?”

“我想逃避周围的一切。我的周围臭气熏天,都是些无能的气息。……老师也无能,非常无能。这我很清楚。”

“也想逃避金阁吗?”

“是的,想逃脱金阁。”

“金阁也无能吗?”

“金阁不无能,决不无能。但它是一切无能的根源。”

“你是这样的看法。”

柏木在行人道上又蹦又跳地跨着步子,他兴高采烈地咂着舌头。

在柏木的带领下,我们走进寒颤颤的小古董店,卖了尺八。只卖了四百元。接着又到旧书店卖词典,好不容易卖了一百元。为着剩下的两千五百元,柏木陪我来到他的住所。

在那里,柏木提出一个奇特的方案:尺八算还他的,词典当作送礼,两者暂归柏木所有,因此所卖的五百元也是属于柏木的。再加上两千五百元,一共借钱三千元。月息一成,直到偿还为止。比起“光”俱乐部月息三成四分的高利,就算是优惠性的低息了。他拿出纸和砚箱,郑重地写下这些条件,要我在借据上按手印儿。我不想考虑什么未来,立即用大拇指蘸着印泥按了手印儿。

——我心急如焚,怀揣三千元离开柏木的住所,乘电车到船冈公园前下车,跑步登上一段石阶,一路迂回奔向建勋神社。我到那里求个神签儿,以图获得旅行中的某些暗示。

石阶顶上,右侧是义照五谷祠庄严的朱红色的殿堂,照在铁丝网里的一对石雕狐狸。狐狸口里含着卷轴,尖尖竖立的耳朵里也涂着朱红色。①

这天阳光微弱,寒风阵阵砭人肌肤。登过的石阶的颜色笼罩着细微的灰色,那是树荫间漏泄下来的稀薄的日影。因为光线太弱了,看起来像脏污的灰土。

---

① 日本五谷祠(原文作稻荷神社)门口左右有狐狸雕像(传说狐狸捕捉田鼠,保护庄稼)。口中各衔荼吉尼教典和如意宝珠等。

我来到建勋神社广阔的前庭时，因为是一口气跑着登上来的，浑身都汗湿了。正面有一段石阶连着前殿，对着石阶是平坦的石板路，左右蟠曲着低矮的松树，俯伏在参道的上空。右侧是颜色古旧的木板墙的社务所，门口挂着“命运研究所”的牌子。从社务所到前殿之间，有一座白色的库房，从这里开始，生长着斑斑驳驳的杉树林。空中清冷的蛋白色的乱云，含蕴着沉郁的光芒，下面是京都西郊连绵的群山。

建勋神社是以信长①为主祭神、以信长的长子信忠为配祀的神社。这座简素的神社惟有前殿周围朱红的栏杆增加了几分色彩。

我登上石阶，礼拜之后，从香资柜旁边的木架上取下古老的六角形的木盒，在手里摇晃着。小孔里落下一根削得细细的竹签儿，上边用墨只写着“十四”这个数字。

我折回头，嘴里“十四……十四……”地嘀咕着下了石阶。这个数字的发音似乎粘在我舌头上了，慢慢地带上了点儿意思。

我来到社务所门口，请求指教。一位正在洗洗涮涮的中年妇女，一边用解下的围裙擦手，一边走出来，面无表情地接过我按惯例递上的十元钱。

“几号？”

“十四号。”

“在那廊子上等着。”

我坐在廊缘边等候。这时想到命运就要由女人湿漉漉的皴裂的手来决定，实在显得太没意思，但本来就是自动找上门来的，所以也就认了。紧闭的障子门中，一只很难打开的古旧的小抽斗，铁环子哗啦哗啦响了，发出了卷纸的声音。不久，障子门开了一道细缝儿。

“呶，请吧。”

递过来一枚薄纸，随后障子又闭上了。纸的一角被女人的手指濡湿了。

我看到纸条上写着：

第十四号，凶。

---

① 织田信长（1534—1582），战国安土时代的武将。

汝居此间者遂为八十神所灭

遭烧石矢等困难苦节之大国主命，应听从御祖神教示，退出此国，暗暗逃离，此兆。

释语说明一切皆不如意，前途多有不安。我不害怕。下段诸多项目中有旅行一项，写道：

旅行——凶。西北方尤恶。

我决定到西北方旅行。

* * * *

开往敦贺的电车早晨六点五十五分由京都站发车。寺院里五点半起床。十日一大早，我起来后立即换上制服，没有人感到奇怪，因为大家都习惯于不再理睬我了。

清晨的寺院，人们三三两两分散在各处扫除、擦洗。六点半之前是打扫的时间。

我打扫着前院，连包也没有带，仿佛在这里突然被神明掠走，出外旅行就是我的目的。我和扫帚在朦胧的灰白的石子路上晃动，扫帚蓦地倒下，我消失了踪影，剩下的只是微明中的白色石子路。我梦想着这样一种出发。

我没有向金阁告别就是为了这个。包括金阁在内的我的全部环境，只有我有必要被突然夺走。我慢慢向总山门方向扫去。松树梢之间可以看到寥落的晨星。

我胸中怦怦直跳。该出发了。这个词儿几乎可以说成“起飞”。从我的环境，从束缚我的美的观念，从我的坎坷不遇，从我的口吃，从我的存在的条件，总之，我该出发了。

犹如果实自然坠落，扫帚打我手中掉在黎明前幽暗的草丛里。我在树木的隐蔽之下，轻手轻脚走到总山门之外，一溜烟逃走了。首发市营电气火车靠近了。夹杂在稀稀落落工人打扮的乘客之间，尽情地沐浴着车厢里明丽的电灯光，觉得好像从未到这种明亮的地方来过。

那次旅行的详细情景，至今仍鲜明地浮现在脑子里。说出走也并非没有目的地。其目的地就选定在初中时代一度修学旅行的地方。但是，逐渐接近那里时，由于出发和解放的愿望太急迫，我的前方仿佛都是个未知数。

火车前进的路线是一条熟悉的通往故乡之路。煤烟熏黑的车厢，看上去从未感到这么新鲜，这么稀奇。车站，汽笛，就连一大早扩音器里的喊叫，都重复着这同一种感情，逐渐强化，一种觉醒的抒情的展望在我面前展现开来。朝阳错落有致地照耀着广大的月台，上面响着奔跑的足音，敲击地面的高跟鞋，在月台上一直单调地鸣响的警铃，还有车站小卖部刚刚开包的橘子的色调……所有这些都是我委身其中的庞大环境的一个个暗示，一个个预兆。

车站任何一个琐细的断片，都被纠合到别离和出发相互统一的感情上。从我眼底下向后退却的月台，那样昂扬、那样彬彬有礼地撤离开去。那片毫无表情的混凝土地面，由于诸多事物从那里始动、撤离、出发，变得多么灿烂辉煌！

我信赖火车。这说法很可笑。虽说可笑，但我是说自己的位置离开京都车站渐渐走远了。为了保障这种很难让人相信的心绪，我只能这么说。鹿苑寺之夜，我多少次听到货物列车从花园附近经过时汽笛的鸣声。如今，这个不分昼夜确确实实奔驰的火车，正载着我驶向我的远方。这真是一桩不可思议的事。

火车沿着昔日我和病中的父亲一起看到过的群青色的保津峡飞奔。爱宕山的群峰和岚山的西侧，从这里到园部一带的地域，也许受到气流的影响，和京都市的气候截然不同。十月、十一月、十二月期间，从夜里十一点到翌日早晨十点，保津川上升起的雾霭，准确无误地包裹着这块地方。这雾霭不停地流动，很少有断绝的时候。

田园朦胧地铺展着，收割过的田野看起来像长了青霉色。田埂上斑驳的树木，大小高低各不相同，枝叶修剪得很高，细细的树干都缠上了当地人称作蒸笼的稻秆儿。这些树木次第在雾中出现，样子好像是森林的幽灵。有时紧贴着车窗，以视野灰蒙蒙的田地为背景，一棵鲜亮的大柳树迎面而来，湿漉漉的叶子沉重地低垂着，在雾里不停地摇晃。

离开京都时我的一颗激动的心，如今又沉浸在对死者的追忆之中。一想起有为子、父亲、鹤川，我胸中就泛起了无法形容的亲切之情。我怀疑我把死人当成了活人，我爱他们，抑或死者比起生者来，更易于招人所爱吧！

不太拥挤的三等车厢里，很难招人喜爱的生者们，有的慌忙抽起香烟，有的剥着橘子的皮。不知哪个公共团体上了年纪的职员们，在邻座上大声说话。他们一律穿着难看的西服，一个人的袖口绽线了，露出条纹的里子。我再次感到，这些凡庸之人，即便年老了，也丝毫不显得衰弱。在那些平民生活的日月里，变得黧黑而多皱的胖脸，连同那副因嗜酒而嘶哑的嗓音一起，可以说表现了一种凡庸的精华。

他们人人都在讨论应该让公共团体捐献的事。一个沉静的秃顶老人没有加入议论，他用洗了千万遍的黄色麻布手巾，不住地擦拭着双手。

"这双黑手，就是煤烟自然熏黑的，真可气啊！"

另一个人给他搭话了。

"煤烟问题你不是给报纸写过信吗？"

"没有。"秃头老人否定了，"总之，很伤脑筋啊！"

我漠然不觉地听着，他们的谈话时常提到金阁寺、银阁寺的名字。

他们说，应该强使金阁寺和银阁寺捐献，这是大家一致的意见。在收入上，银阁虽然是金阁的一半，但也是一笔巨大的金额。举一个例子，据说金阁一年收入五百万元以上，寺院生活是禅家的常态，连水电费加在一起，一年只开销二十多万元。积存这么多钱干什么用了？只给小徒弟吃冷饭，都被和尚一个人每天晚上去祇园花掉了。而且不用纳税，等于治外法权。必须毫不客气地让这些地方拿钱。大家你一言我一语谈论着。

那个秃头老人依然用手巾擦着手，等大伙一停下来就说：

"很伤脑筋啊！"

这就是大伙的结论。老人的手擦了又擦，磨了又磨，没有煤烟的痕迹了，发出了玉石般的光泽。实际上，眼前的这双手，不像是手，说是一双手套更合适。

说来也奇怪,这是我头一回听到的对社会的批评。我们属于僧侣的世界,学校也位于这个世界,寺院之间也没有互相批评过。然而,老职员们的这番对话,一点儿也不使我感到惊讶。这都是明摆着的事实!我们吃冷饭,和尚逛祇园。……可是对我来说,用老职员们的这种理解方法来理解自己,使我感到无比的厌恶。用“他们的语言”理解我,使我无法容忍。“我的语言”则与此不同。你要知道,即使看到老师和祇园艺伎一道走路,我也丝毫不会感到道德上的厌恶。

老职员们的谈话在我心里只是一种凡庸的飘香,留下微微的厌恶而飞走了。我的思想里没有仰仗社会支援的想法,我也不愿将世上最易于理解的框框添加在我的思想里。我说过好多次了,不被理解就是我存在的理由。

——突然门打开了。扯开鸭嗓子吆喝的小贩胸前挂着一只大竹篮出现了。我蓦地想起还没有吃早饭,买了一盒海藻做的绿色面条对付了。雾散了,天空还是没有阳光。丹波山脚下瘦瘠的土地上,陆续出现了种植楮树造纸的人家。

舞鹤湾。不知为何,这个名字像往昔一样撩拨着我的心胸。打从我住在志乐村的少年时代起,它就是看不见的海的总称,到头来,终于成了我所预想的大海本身的名字了。

这片看不见的海,从志乐村后面高耸的青叶山顶望去尽收眼底。我曾两次登上青叶山,第二次上山时,我们凑巧看到了进入舞鹤军港的联合舰队。

舰队停泊在波光粼粼的海湾里,抑或在秘密编队吧。一切与这支舰队有关的事情均属秘密,我们甚至怀疑这支舰队是否真的存在。因此,远望中的联合舰队犹如一群只知其名的黑压压的水鸟,仅在照片里见到过,这些水鸟也不知道有没有被人发现,在威猛的老鸟护卫下,悄悄地在水里嬉戏玩耍。

……列车员走来走去喊叫着“西舞鹤”的站名,我被他吵醒了。眼下,乘客中慌慌张张担着行囊的水兵没有了,准备下车的除我之外,只有两三个做黑市生意的人。

一切都变了。这里仿佛受到了英文交通标识的威胁,大街小巷都打扮得像座外国海港城市。许多美国兵来来往往。

初冬阴沉沉的天空之下,凛冽的微风含着咸味儿吹过广阔的军用道路。那种无机盐的铁锈般的潮腥味儿远胜过海潮。深深通向城镇中央的运河似的狭窄的海面,沉寂的海水,系在岸边的美国的小型舰艇……这里确实有着和平,但是,过于周到的卫生管理,剥夺了军港曾经有过的驳杂的肉体般的活力,仿佛将整个城镇变成了一座医院。

我不想在这里和海亲切会面。身后驶来的吉普车说不定会半开玩笑地把我撞进水里。现在想想,我的旅行冲动里有海的暗示。这海恐怕不是这种人工港的海,而是幼时成生岬故乡那片连续不断、肌理粗糙、始终含着怒气、怏怏不快的内日本的海。

于是,我想去由良。夏季海水浴时,那一带海滩很热闹。现在这个季节,那里肯定很寂静,只有一片陆地和海洋,在互相暗暗地叫劲儿。我的一双脚,模糊地感觉到,由西舞鹤通向由良的道路有十多公里。

道路由舞鹤市沿着海湾底部一直向西,同宫津铁道交叉成直角,不久越过泷尻岭通向由良川。渡过大川桥后,沿着由良川西岸北上。然后,顺着河流的方向一直通到河口。

我来到大街上,迈开脚步……

走着走着,两腿累了,我就这样问自己:

"由良有什么呢?我到底想抓到什么样的证据,才这般急匆匆赶路的呢?那儿不就是一片内日本的海面和见不到人影的沙滩吗?"

然而,我不打算停下脚步,不管哪里,我总得要到达一个地方。我去的地方的名字没有任何意义。不管怎样,我心中产生了直奔这个目的地的勇气,一种近乎不道德的勇气。

有时候,天空忽然射下来稀薄的阳光,道路边的大榉树漏泄的淡淡的日影吸引着我,但不知何故,我不愿无端地消磨时间,无暇歇息一下身子。

道路接近河川广大的流域,不再有着平缓的倾斜的风景了。由良川突然从山间道路里闪现出姿影来。河水清碧,河面宽广,水流浑浊,阴霾的天空下,悠悠地、不情愿地流向大海。

走到河西岸,没有来往汽车,也不见行人。路两旁不时出现夏橘的果园,但没有一个人影。有个名叫和江的小村落,草丛里一阵响动,蓦地钻出一条鼻尖长着黑毛的狗来。

这一带地方颇有些名气,我知道那位有着奇特经历的山椒大夫①的宅邸就在这里。我不想进去观看,所以不知不觉从前面走过去了。也许只望着河面的缘故吧。水中有一块竹丛蓊郁的大河心洲。我前进的道路上尽管没有风,但河心洲上的竹子都被风吹得倒伏下来了。洲上有一二亩靠雨雪灌溉的稻田,没有农民的影子,只看见一位背向这里垂钓的人。

隔了很久才遇到一个人影,心里很感亲切。

“是钓鲻鱼吗?要是钓鲻鱼,这里离河口就不会很远了。”

这时,倒伏的竹丛发出沙沙的声响,压过河水的声音,洲上腾起水雾,似乎下雨了。雨点打湿了洲上干燥的河滩。转眼之间,雨水落到我头上来了。我淋湿了,再向洲上望去,那里已经不下了。垂钓的人依旧像刚才一样,纹丝不动。这时,我头上的阵雨也过去了。

每到道路的拐弯之处,芒草和其他秋草就覆盖着我的视野。然而,眼前一片广阔,河口邻近了,冰冷的海风迎面刮来。

由良川接近终点的地方,又露出几块荒寂的沙洲。河水确实邻近海边了,虽然潮水涌动,可是河面越来越沉静,没有出现任何征兆,就像一个昏死的人。

河口出奇的狭窄。河水和海水互相融合、激荡,一派模糊地横在暗云堆积的天空底下。

为了感知这片海洋,我必须迎着掠过原野和田地的寒风再继续走上一阵子。风扫描着无边的北方的海洋,如此凛冽的寒风毫无作用地吹过无人的原野,只是为着这片大海。可以说,这是覆盖严冬的气体之

---

① 丹后国加佐郡由良的一个富翁。传说陆奥太守岩城判官正氏因谗言而遭流放,其子女二人陪同母亲赴筑紫寻访,中途遭人贩子劫掠,母亲被卖于佐渡,子女被卖给山椒大夫。后来,姐姐出逃而死,弟弟奔赴京都上告朝廷,获得昭雪,山椒大夫等被诛。

海,是命令式的、强制性的目不可视的海洋。

河口对面重重叠叠的波浪、徐徐向灰色的海面扩展。河口正面浮现着高帽子般的岛屿。从河口到三十公里外的冠岛,那一带是野鸟自然保护区——大海鸥的栖息地。

我踏入一块田地,向周围望了望,这是一块荒凉的土地。

此刻,我心中闪过一种意念,倏忽一闪,随即过去,意念也消隐了。我伫立良久,吹来的冷风夺走了我的思考,我又逆着冷风迈开了步伐。

贫瘠的田地连着布满碎石子的荒芜之地,野草一半枯萎了,尚未枯萎的绿色,仅仅是趴在地表上的苔藓似的杂草。这些杂草的叶子也卷缩了,干瘪了。那里已经变成沙石地了。

传来了颤抖的浑浊的声音,听到有人说话。这是我不由得背对狂风、仰望身后由良岳时听到的。

我寻找人的所在。要到沙滩上去,有一条沿着低矮的石崖通向下面的小路。原来那里为了抵御海水剧烈的侵蚀,正在进行加固堤岸的工程,横七竖八摆着白骨般的水泥柱子。沙滩上新鲜水泥似的颜色,看起来似乎带有一种奇妙的生气。颤抖的浑浊的声音来自一架搅拌机,正在搅拌灌注在模子里的水泥。四五个鼻头通红的工人,惊讶地望着身穿学生制服的我。

我也朝他们瞥了一眼。人与人的招呼就算完了。

从沙滩开始,海面激剧地凹陷成为钵臼形状。我踩着花岗岩般的沙子,向波涛汹涌的水边走去。其间,再次袭来一股喜悦之情,这种喜悦正在一步步接近我刚才心中倏忽一闪的某种意念。朔风劲吹,没有戴手套的手虽然冻僵了,也不怎么感到寒冷。

这里才是真正的内日本的海!是我一切不幸和灰暗思想的源泉,是我所有的丑行和力量的源泉!这里波高浪险,海涛阵阵奔涌而至,一浪高过一浪,波涛之间闪现着平滑、灰色的深渊。海面晦暗的天空阴云密布,既厚重又纤细。这是因为没有境界的厚重的云层相互堆积,连缀着无比轻盈而冰冷的羽毛般的花边儿,中央包裹着似有若无的淡淡的青空。铅灰色的海面再次依偎着地岬上紫黑色的山峦。所有一切都感受到一种动与不动,以及不断运动的黑暗的力量,犹如矿物一样凝结在一起了。

我蓦然想起初见柏木那天他对我说的话：我们突然变得残虐起来，是在一个春光明媚的午后，坐在精心修剪的草坪上，呆呆望着树荫下漏泄的阳光相嬉戏的一瞬间。

如今，我面对波涛，面对狂暴的北风。这里没有春光明媚的午后，也没有精心修剪的草坪。但是，这荒寒的自然比起春日午后的草地，更能投我所爱，与我的存在亲密无间。因而，我很满足。我再不受任何人的威胁。

我心头突然涌起的思绪，果真像柏木所说，是残虐的思绪吗？总之，这种思绪在我心里产生了，而且启示着先前倏忽一闪的意念，鲜明地照亮了我的内心。对此，我还没有深入地考虑，只不过被此种意念袭击了一下，就像被阳光蓦地一照。但是，从前一直没有想到的思考产生了，同时忽地增添了力量，增大了幅度，甚至我被包裹在其中了。这种所谓思绪，就是：

“必须烧掉金阁。”

第 八 章

后来，我又继续朝前走，到达宫津线丹后由良车站前头。东舞鹤中学时代修学旅行时，也是走的这条路线，是从这座车站回去的。站前马路上人影稀疏，这块地方是靠夏季短暂的繁荣维持生计的。

站前有座小旅馆，挂着“海水浴旅馆由良馆”，我想住在这里。拉开毛玻璃门，请引路，没有人回答。台阶上积满灰尘，馆内紧闭着挡雨窗，室内晦暗，不见人影。

走进里面，一个简朴的小院，菊花枯萎了。高处架设着水槽，夏季游泳回来的客人，用水槽里的淡水冲掉身上的沙子。

稍远处有一间小屋，住着店老板一家。关着的玻璃门漏泄出收音机的高音，听起来只是一种空洞的响声，没觉得有人在。门口散放着两三双木屐，我白白等在这里，趁着收音机的间歇向里面打招呼。

背后有人来了。阴沉的天空洒下一缕黯淡的阳光，这时，我看见了门口木屐箱上闪亮的木纹。

一位脂肪堆积、体态肥白的女子，眯细着那双细而若无的小眼睛瞧着我。我要求住宿。那女子也不说一声“跟我来”，随即转过身子，朝着旅馆门口走去。

——安排的住房位于楼上一角，是朝向海面敞开窗户的小房间。女子拿来手炉，凭着这点儿火气，企图驱散长久关闭着的房间的空气，那股霉味儿实在叫人难以忍受。我打开窗户，让北风吹拂着身子。海的一角，依然和刚才一样，那里的云朵不是为了给谁观赏，慢悠悠地层层攒聚，相互嬉戏。云彩仿佛也是自然界无目的冲动的反映，而且其中一部分，必然出现明敏、理智的蓝色小结晶，以及晴空的薄片。看不到海。

……我站在这面窗户旁边，又在追寻刚才的思绪。我问自己，为何首先想到烧掉金阁,而不是首先杀死老师呢?

在这之前,也不是一点没想到要杀掉老师,而是忽然觉得,那样做无济于事。为什么呢?因为我明白,即便杀死老师,那个和尚头还有那无力的恶行,照旧源源不断地从黑暗的地平线上出现。

一般地说,有生命的东西不具有金阁那般严密的一次性。人类只不过承继自然界诸种属性的一部分,运用有效的接替方法传播和繁殖。杀人如果是为着消灭对象的一回性,那么所谓杀人就是永久的误算。我是这样想的。如此说来,金阁和人的存在越发表现出了明显的对比,一方面,人类易于灭亡姿态,却浮现着永生的幻象;而金阁不朽的美丽,却飘荡着灭亡的可能性。人类这种 mortal① 现象,是无法根绝的。金阁这种不灭的东西,反而能够使之消灭。为什么人类没有觉察到这一点呢?我的独创性无可置疑。我烧毁明治三十年代被指定为国宝的金阁,这是纯粹的破坏,是无可替代的毁灭,确实可以减少人类创造的美的总量。

想着想着,甚至有一种谐谑的情绪袭上心头。"要是烧掉金阁,"我自言自语,"这种教育效果一定更加显著。由此,可以认识到,人类的不灭不具任何意义;认识到,金阁单单保存下来,一直在镜湖岸边屹立五百五十年,这一事实不能形成任何保证;认识到,我们的生存君临其上的一个不言自明的前提,亦即明日也许会崩溃的某种不安。"

是的,我们的生存确实被包围在一定期间持续的时间的凝固体中,并受其保护。例如,木匠为方便家用而制作的小抽斗,经年累月,时间凌驾于此种物体的形态,经过数十年数百年之后,时间反而凝固起来,好像剥夺了小抽斗的形态。一定的小空间,起初是被物体所占领,接着又被凝结的时间所占领。这是向某种幽灵的转化。中世时期神话故事《付丧神记》的开头这样写道:

> 阴阳杂记云,器物经百年,化而得精灵,从而诓人之心,号曰付丧神也。自是,世俗每年立春前,人家揩拭旧具之足,且多弃置于路次,谓之除煤烟。以此,则百年中有不足一年,当遭付丧神之灾

① 英语,难免死亡。

难也。

我的行为就是为了使人们清楚地看到付丧神之祸，以此拯救他们免遭此祸。我要用我的行动，将有金阁存在的世界，转变为没有金阁存在的世界。世界的意义将确实改变。……

……越想我越感到自己快活起来了。如今，围绕我身体周边的世界，我眼见着这个世界的没落和终结渐渐临近了。太阳行将落山的光辉普照大地，载着霞光灿烂的金阁的世界，宛若指缝间漏泄的沙子，一时一刻都在继续沉落下去。……

* * * *

住了三天的由良馆中断了，原因是老板娘看我一步未曾离开过旅馆，行为可疑，随即带来了一名警官。当我看到走进房间来的身穿警服的警官时，我害怕被发觉，但又马上感到，我没有什么好怕的。对他的询问，我如实回答，我告诉他，只因想稍稍离开寺院过上一段时间才出走的。我还出示了学生证，特意当着警官的面付清了房费。其结果，警官摆出一副保护者的姿态，立即给鹿苑寺打电话，核实我所说的没有假话，接着就说明他要亲自送我回寺院。而且，为了不伤害“有前途”的我，还特地换上了便衣。

在丹后由良站等车时下了阵雨，没有顶棚的站台立即濡湿了。便衣警官陪我走进车站事务室，他还自豪地对我表示，站长和站务员都是他的朋友。不仅如此，他还向大家介绍说，我是他从京都来看望他的侄子。

我理解这位革命家的心理。那位乡下站长和警官只管围着炭火熊熊的铁火钵谈笑风生，丝毫没有预感到迫在眉睫的世界的变动，以及他们自己即将面临的秩序的崩溃。

“要是金阁烧毁了……烧掉金阁，这些家伙的天下改变了，生活的金科玉律被推翻了，列车时刻表混乱了，这些家伙的法律也无效了。”

尤使我高兴的是，他们对我这个未来的犯人毫无觉察。我也装出泰然自若的样子，伸着手在火钵上烤火。那位性情开朗的年轻站务员向大伙儿大肆吹嘘，下次休假要去看电影，据说那是一部精彩的、使人掉泪的影片，其中也不乏惊心动魄的武打场面。下回休假看电影！这位比我还年小的逞强好胜、朝气勃勃的青年，到了下次假日，看电影，抱女人，睡觉。

他不断拿站长开涮，讲笑话，受到站长的叱骂。这期间，他又忙着添炭，在黑板上写了些数字。生活的魅惑，或者说对于生活的嫉视，将再一次征服我，我也可以不烧毁金阁，逃出寺院，还俗，从而沉浸在这样的生活之中。

……然而，黑暗的势力苏醒了，将我拉了回来。我仍然要烧毁金阁，到了那时候，一种早已预订的、由我特制的、前所未闻的生命即将开始。

——站长去接电话。不一会儿，他来到镜子前边，郑重地戴上镶入金线的制帽，清一清嗓子整一整前胸，像出席仪式似的走向雨后的月台。不久，我要乘坐的火车，紧贴着线路边的山崖，轰隆轰隆滑进了车站，那是晴雨后濡湿的新鲜的崖土传来的轰鸣。

*　　*　　*　　*

晚上七点五十分抵达京都，我在便衣的护送下走到鹿苑寺山门前边。一个寒气砭肤的夜晚。越过松林一棵棵黝黑的树干，逐渐看清楚那座山门坚固的门框时，我发现母亲正站在那里。

母亲正巧站在那块写有“违者则依国法给予处罚”的告示牌旁边。她头发散乱，在门灯的照耀下，似乎可以看到一根根直立的白发。母亲的头发本来没有这样白，这是灯光映照的原因。包裹在头发下面小小脸孔一动不动。

母亲身体矮小，但看上去却忽而膨胀了，庞大得吓人。她背后的山门敞开着，门内的前庭一片黑暗。母亲背向黑暗，系着惟一一条出门做客用的腰带，上面的刺绣也磨得跳丝了。粗劣的和服歪歪斜斜包裹着蠢笨的身子，远远望去活像一具站立的僵尸。

我迟疑地不愿走近她。我很纳闷，母亲怎么会在这里呢？后来才知道，老师听说我出走，就到母亲那里询问，母亲慌慌张张来到鹿苑寺，从此就住下了。

便衣推推我的脊背。随着一步步接近，母亲的身子慢慢变小了。母亲的脸就在我眼皮底下，她抬头看看我，脸孔丑陋地歪斜着。

感觉从未欺瞒过我。母亲那双狡黠的凹陷的小眼睛，如今更证明了我对她的厌恶是正当的。我讨厌我为何会被这种人生下来，这可是我的奇耻大辱啊！……这倒使我同母亲断绝了来往，没有给我留下妄图复仇的余地。这一点，我前边已经提起过。然而，羁绊并没有解除。

……但是，眼下我看到母亲半个身子沉沦在母性的悲叹中，突然觉得我自由了。什么原因，我不知道。反正，我感到母亲决不可能再威胁我了。

——一阵剧烈的似乎被人绞杀般的呜咽。她猛然伸出手，朝我面颊无力地扇了一耳光。

“你这个不孝的东西！真是忘恩负义！”

便衣默默看着我挨打。打过来的手指乱了，指头的力量丧失了，指尖儿如细冰粒儿落在了脸上。我看到母亲一边打，一边不忘露出一副哀怨的神情，随即转过脸去。过了一会儿，母亲改变了语调：

“那么远……你跑得那么远，哪儿来的钱？”

“钱？跟同学借的。”

“真的吗？不是偷来的？”

“我没偷。”

这似乎是她惟一的担心，母亲放松地叹了口气。

“是吗？……你都干了哪些坏事？”

“我没干。”

“是吗？那就好，去，去给方丈道个歉。尽管我这个当妈的已经赔过不是了，你还是要老老实实认个错儿，请他饶了你这回。方丈师傅心眼儿好，他还会照样收留你的。可今后，你要是不痛改前非，妈妈就死在你面前！你要是不想叫我死，那就决心改悔，将来当个有出息的和尚……好了，快走吧，快去认个错儿。”

我和便衣默默跟在母亲后头。母亲也该给便衣打个招呼，可她忘记了。

母亲迈着碎步朝前走，看到她那缠着龌龊的和服腰带的背影，心里琢磨着,究竟是什么东西使母亲变得这样丑陋呢?使母亲变得丑陋的……就是希望!希望就像那淡红色、湿漉漉、痒抓抓、紧紧扒在污秽的皮肤上的世上最顽固的皮癣,经久不愈的顽癣!

*　　*　　*　　*

冬天来了。决心越来越坚定了。计划一味拖后,渐渐地也就习惯了。

以后的半年里,更使我头疼的是另一桩事情。每到月末,柏木就催我还债,通告我本息加在一起的总额,嘴里不干不净地责骂我。可是,我已经无意还账了。为了躲开柏木,就不去上学。

一旦下定决心,我就不再谈论什么疑疑惑惑、反反复复的经过了,这没有什么奇怪。我的心不再动摇了。这半年里,我的眼睛专心致志盯着一种未来。在这段时间,也许我感知了幸福的滋味。

首先,寺里的生活变得轻松了。一想到金阁总有一天会烧掉,不管多么难以忍耐的事都能熬过去了。就像一个预感到要死的人,我对寺里的人也亲切起来。我待人接物,落落大方,不论干什么都和和气气的。对大自然,我也采取和解的态度。看到冬日每天早晨飞来啄食落霜红果实的小鸟的胸毛,我也抱有亲切之感。

我甚至忘记了对老师的憎恨!我从母亲、朋友,从所有的人那里解脱出来,成了自由身。但我没有忘乎所以,我没有把这种心情舒畅的新日月,错误地当作坐享其成的世界的转化,我还不至于那样愚蠢。不管什么事,只要站在终点上看,都是可以原谅的。我学会站在终点上看问题,我感到我已经亲自决断自己站到终点上来。这就是我获得自由的根据。

尽管心里那种思绪来得有些唐突,但烧毁金阁的想法犹如定做的西装似的,穿在我身上特别合体,仿佛我一生下来就立志要干这件事情。至少在我陪伴父亲第一次看到金阁的那天起,这个念头似乎就在我体内种下种子,等待开花。在一个少年眼里,金阁是世界上最美的东西,正因为如此,不久我就具备齐了成为一名纵火犯的种种理由。

昭和二十五年三月十七日,我读完了大谷大学预科,两天后的十九日过了生日,整整满二十一岁了。预科三年级的成绩很出色,七十九人中我排在第七十九名,各科最低成绩是国语,四十二分。六百一十六小时中,我旷课二百一十八小时,占三分之一以上。多亏佛爷发慈悲,这所大学没有留级生,我才升进了本科。老师也默认了。

我懒得去上课,从晚春到初夏这段美好的日子里,我游历了不花钱的寺院,参观寺社的展览。凡是能去的我都看了。我想起其中的一天。

那天我打妙心寺大街上的寺前街通过,看到一个以同样步伐走在我前头的学生。他在一家古老的房檐低矮的香烟铺前买香烟,这时我瞥见了制帽下边的那张脸。

一副剑眉紧蹙、面色白皙的侧影,一看制帽就知道是京都大学的学生。他用眼角睃了我一下,那视线仿佛穿过来一团浓郁的阴影。此刻我有一种直觉:他一定是个纵火犯。

午后三点,不是个适合放火的时间。一只迷路的蝴蝶飞向柏油马路,停在香烟铺店头花插中的一轮枯萎的茶花上。白色的茶花,干枯的部分现出焦褐色,像是经过火燎的一般。公共汽车老是不来,路上的时间停滞了。

我不明白,我为何老觉得那位学生一步步赶往目的地是去放火的呢?我一味把他当成个纵火犯,他敢于选择放火最困难的白昼,可见他是铁了心地一步步付诸行动了。他的前面有着火和破坏,背后有着被他抛却的秩序。我从他那衣着严谨的背影上看出了这一点。也许我在心里描画着吧,年轻纵火犯的背影应该是这副样子。阳光照耀下的身穿黑哔叽制服的背影,布满了不祥的险恶的征兆。

我放慢脚步,打算盯住这个学生。走着走着,我觉得他的左侧有点儿塌肩的姿势就像我自己的姿势。他远比我长得帅气,但毫无疑问,他和我同样孤独,同样不幸,同样被美好的妄念驱赶向同样的行动。不知不觉,我一面盯梢,一面巴望着提前看到我自身的行为。

晚春的午后,明丽而过分悒郁的空气,最容易引发这种事儿。就是说,这种事儿使我变成了二重性,我的分身提前模仿我的行为,一旦到了决定实行的时刻,我的本来隐蔽的自身就会堂堂正正地出现。

公共汽车一直没来,路上没有一个行人。正法山妙心寺高大的南门就在眼前。左右门扉敞开的大门,似乎吞噬着所有的现象。从这里望过去,雄伟的门框之内,含蕴着敕使门、山门,重叠的廊柱,佛殿的鸱尾,众多的松树,再加上一角鲜丽的蓝天,几片淡淡的云影。等到挨近大门口,又增添了寺内纵横交织的宽阔的路石,众多塔头的尖顶,一望无际。一旦钻进大门,就会弄明白,原来门里面包容了整个蓝天和全部云彩。所谓大伽蓝都是这样的。

学生进入门内,他绕过敕使门外侧,伫立在山门前面的莲花池畔。接着,他又走到横跨池面的中国式的石桥上,仰望高高耸立的山门。"他要烧毁的原来是这座山门。"我想。

这座壮丽的山门,是很适合包围在一场大火之中的。如此明亮的午后,恐怕看不见火焰。因而,它将包裹于腾腾的浓烟里,目不可视的火舌舔舐着天空,只消看见苍穹歪歪斜斜地摇晃着,就会明白了。

学生走近山门,为了不让他发觉,我躲到山门东侧窥探着。正是托钵云游的和尚返回寺院的时候。东边路上,三个化缘和尚排成一列,脚穿草鞋,踏着石板路并肩而来。斗笠一律挂在胳膊肘上,在回到僧房之前,都按化缘的规矩,眼睛只看着面前三四尺远的地方,不得互相交谈,静静地打我身旁拐向右方。

学生依然在山门前彷徨。最后,他背靠一根柱子,从口袋里掏出刚才买的香烟,慌慌张张扫视一下周围。我想,他一定是利用香烟作引火吧。他果然含了一支在嘴里,凑近脸擦了火柴。

刹那间,火柴燃起明亮的小火焰。我想,那火光甚至不会出现在学生的眼里,因为午后的太阳正好包围了山门的三个方面,只有我所在的一面罩在阴影里。学生靠在莲花池畔山门的柱子上,火光只是在他的脸附近一闪,猝然飘浮起火粉般的东西。接着,就消失在他猛地一挥的手里。

火柴熄灭了,学生依然不放心,他用脚底板仔细地拧了拧扔在基石上的火柴,然后,高高兴兴吐着烟圈儿,全然不顾被扔下的我的失望,渡过石桥,绕过敕使门,步履悠悠,径直走出了可以窥见房舍连绵的公路的南庙门。……

他不是纵火者，只是一个散步的学生。看来，这位青年有些寂寞，又有些贫困，仅此而已。

对于一一看在眼里的我来说，真是太失望了。他不是为了放火，只是想抽一支烟，就那么慌里荒张提防着周围；他的谨小慎微，那种学生气的悭吝的逃避法律的喜悦，还有那捻灭火柴的认真的态度，也就是他的"文化教养"，尤其是后来的表现，都不能使我感到满意。由于这种蹩脚的教养，他对那一点小火星儿也加强防范。抑或他自己就是一个火柴管理者，对于社会毫不懈怠地实施火的安全管理，他为此而洋洋自得。

维新后，洛中洛外①的古老寺院很少被烧毁，这都是此种教养的结果。即便偶尔失火，现场也会被隔绝，分离，管制。以前决非如此。知恩院永享三年失火，此后数度蒙受火灾。南禅寺明德四年，主寺的法堂、金刚殿、大云庵等遭受火焚。延历寺元亀二年化为灰烬。建仁寺天文二十一年罹于兵燹。三十三间堂建长元年被烧光。本能寺天正十年毁于战火。……

那个时候，火与火互相很亲近，火不会像现在这样被分离，被扑灭。火与火总是互相联手，将无数的火纠合在一起。人恐怕也是这样。火不管到哪里，都能唤来别的火，一呼百应。各个寺院的火灾仅仅由于失火、连烧和战火所引起，没有留下放火的记录。即使像我这样的人，要是置身于古代，也只好平心静气，藏头露尾，等待时机了。诸寺总有一天被焚毁。火是丰富的，放恣的。只要静待，火就会伺机而起，火与火携起手来，完成它们所要完成的工作。金阁只因很少的偶然才免于火灾。火自然而起，灭亡和否定是常态，建设的伽蓝必遭火焚，佛教的原理和法则严密地支配着地面。即使放火，自然也要诉求于火的各种力量，历史学家们，没有一个人会认为是放火。

那时代，地上不安宁。昭和二十五年的今天，地上的不安并不次于那个时代。既然诸寺皆因不安而遭焚毁，为何今天金阁寺就不能烧掉呢？

---

① 京都仿照中国古都洛阳，简称洛。

*　　*　　*　　*

我懒得去上课，只是一次次跑图书馆。五月的一天，我碰见了一直回避的柏木。他看我要躲的样子，一个劲儿追了过来。我如果拔腿就跑，他的内翻足哪里追得上。这么一想，我反而站住了。

柏木抓住我的肩膀，他不停地喘粗气。大概是下课后五点半光景。为了躲避柏木，我从图书馆出来，绕到校舍后面，转到西边的马路上。这条路夹在简易教室和高高石墙之间。那里有一片荒地，茂密的野菊丛里，随处丢弃着废纸和空瓶子。偷偷溜进来的孩子们在练习打棒球。尖利的叫喊越过破玻璃窗，震荡着教室。放学了，里面空无一人，只有一排排落满尘土的桌子。

我从那里经过，来到本馆西侧，站在那座悬挂“花道部作业室”牌子的小屋前边。沿着石墙根耸立着一排樟树，越过小屋的屋脊，夕阳穿过细密的叶影，投映在本馆的红砖墙上。沐浴着夕阳的红砖墙灿烂如花。

气喘吁吁的柏木，身子靠在墙上，樟树窸窸窣窣的叶子，斑驳地映着他那总显憔悴的面颊，留下奇妙的跃动的影像。也许是不太适合他的红砖墙的反照的缘故。

“五千一百元。”他说，“到这个月末，一共五千一百元。你自己越来越没法还啦！”

他又从胸前的口袋里掏出那张随身携带的折叠好的借据，打开来给我看。他怕我一手抢去撕掉，又慌忙叠好放回原处。我的眼里只留下血红血红的拇指印的残像。我的指印看上去十分阴惨。

“赶快还钱！我是为你好。你可以把学费什么的，截留下来嘛。”

我一声不吭。面对世界的破灭，谁还有义务还钱？我被一种诱惑心所驱使，想暗示一下柏木，转念一想，还是作罢了。

“你为何不说话？怕结巴难为情？现在还装个什么蒜，你是结巴，谁还不知道？别再装蒜啦！”他握着拳头，捶打着夕阳映照下的红砖墙。拳头上沾了些赭红的粉末。“就说这堵墙吧，学校里谁不知道？”

我依然同他默默对峙着。这时，孩子们的球打偏了，滚到我们两人中间来了，柏木正要弯腰拾起来投回去。于是，我成心想看他的笑话，注意他是如何摆动他的内翻足，将一尺以外的球抓在手里的。我的眼睛无意之中瞅着他的脚，柏木立即觉察到了，真可称之为“神速”。他抬起身子瞪着我，简直换了一个人似的，眼睛里充满了极不冷静的憎恶。

一个孩子怯生生地来到跟前，从我们之间拾起球跑了。柏木最后说道：

“那好，你既然是这种态度，我也有我的打算。下月回老家前，我总有办法让你还债的，不信试试看。你也要有思想准备。”

*　　*　　*　　*

进入六月，重要的课程渐渐少了，学生们纷纷开始做着返乡的准备。我忘不掉六月十日那一天。

早晨下起了淅淅沥沥的雨，入夜，变成了瓢泼大雨。吃过晚饭，我在自己房里看书，晚上八点左右，从客店到大书院的走廊上渐渐响起了脚步声。好像有人来访问老师了，他难得在家。然而，那奇异的足音听起来宛若乱雨撞击在门板上。那位领路的师弟脚步倒是沉静而有规律，客人的双脚却把古老的地板踩得咯咯吱吱响，而且走得也很缓慢。

震耳的雨音笼罩着鹿苑寺灰暗的庇檐。大雨潇潇，敲击着这座古老而轩昂的寺院。无数座空荡荡的散发着霉味的房屋，整个夜晚可以说都被淹没在雨声之中了。僧房、执事寮、殿司寮、客殿，耳朵里听到的只有一片哗哗声。我如今想起了统领金阁的雨。我稍稍打开房门，铺着石子小小中庭溢满了雨水，流水漫过一块块石头，微微闪耀着青灰色的脊背，汩汩流泻。

新来的师弟从老师房里回来，朝我屋里伸着脑袋说：

“有个叫柏木的学生到老师那里去了，他不是你的同学吗？”

我猝然不安起来。这位白天在小学校教书、戴着近视眼镜的人正要离开，我赶紧拦住，请他到屋里来。因为我胡乱猜度着大书院里的对话，一个人很难单独待下去。

过了五六分钟，听到老师摇铃了。铃声冲破雨音，凛凛鸣响。蓦地又断绝了,我们抬起头互相对视着。

“叫你的。”

新来的师弟说。我吃力地站起来。

老师的桌子上摊着按了我的指印的借据。我跪拜在走廊上,老师拎起纸的一角给我看。他不许我进他的房间。

“这确实是你的指印吗?”

“是的。”

我回答。

“你净给我出难题啊!干了这等事,今后就不能在寺里待下去了,你想过没有?其他还有种种……”老师说了半截,大概顾忌着在场的柏木,不再说下去了,“钱我替你还,你回去吧。”

凭这句话,使我有兴致抬眼看了看柏木。他带着一副神秘的表情坐在那里,故意地始终不瞧我一眼。柏木干坏事的时候,他没有自我意识,仿佛抽去固有的性格,一味显示着纯洁的表情。这一点,只有我最清楚。

回到自己的住处,在剧烈的雨音里,在孤独的环境中,我蓦然获得了解放。师弟已经走了。“今后就不能在寺里待下去了。”这是老师说的。我第一次从老师嘴里听到这句话,可以说拿到了他的一种证据,事态突然之间明朗化了。我的被逐已经放在老师心头上了。计划必须抓紧进行。

假如柏木今晚不采取这种行动,我就没有机会听老师说出这句话来,因此计划也会向后拖延。给我力量、使我铤而走险的是柏木,想到这里,我对他产生了奇妙的感谢之情。

雨势一点儿也不见减弱,虽说是六月,肌肤依旧感到寒冷,门板围着的五铺席大的储藏室,在黯淡的电灯光里显得十分荒凉。这里就是我即将被赶走的住居,没有一件像样的摆设,铺席变颜色了,黑色的边缘磨破了,打卷儿了,露出了筋线。每当走进黑黑的屋子去开电灯时,我的脚趾头总是绊在上面,我也不打算修补。我的生活的热情同榻榻米无缘了。

临近夏天，五铺席的空间里充满了酸臭之气。可笑的是，我是个和尚，又有着青年人的体臭。臭气渗进房屋四角古老的又黑又亮的大柱子，甚至渗进了古老的门板，所有这一切，又从经年累月所发霉的木纹中间，散放出幼小生物般的恶臭。这些房柱和门板，都多半化为腥臭的纹丝不动的生物了。

这时，先前的奇异的足音又经过走廊，我站起身来到廊子上。对面的那棵陆舟松在老师房间里的灯光映照下，高擎着湿漉漉的黝黑的绿色船头。柏木背对着松树悄然而立，那副姿态活像一部突然停止运转的机器。我呢，脸上闪着微笑。柏木看着我，第一次出现近似恐怖的感情。对此，我很满意。我说：

"进屋里坐坐？"

"干吗呀，不要吓唬俺。你是个怪人。"

——柏木还是进来了，我让他坐在一块薄薄的坐垫上。他照例慢悠悠地侧身蹲踞着坐下来，抬眼环顾一下屋内。雨音像一道厚厚的帷幕，挡住了门外的一切。落在廊缘边上的雨滴，有时反跳到障子门上。

"你不能怪俺呀，俺不得已使出这一手来，完全是你自作自受。这些都不说啦。"他掏出印着"鹿苑寺"的信封，数了数钞票。今年年初发行的票子，三张簇新的一千日元纸币。我说：

"这钞票真干净，老师洁癖，他叫副司每隔三天就到银行兑换零钱。"

"看，只有三张，你们这里的和尚真小气，说什么同学之间互相借贷，不可计算利息。他自己倒拼命赚个够！"

柏木意外的失算使我大为畅快。我毫不掩饰地笑了，柏木也跟着笑起来。然而，这次和解也只是倏忽一瞬，他随后收起笑容，瞧着我的前额，冷不丁说道：

"俺全都明白，近来，你在企图干一件毁灭性的事。"

我苦涩地抵挡着他那沉重的视线。不过，他所谓的毁灭和我的志向相差万里，想到这里，我又恢复了平静，说话也不结巴了。

"不。……没有。"

"是吗？你小子是个怪胎，俺所见过的人当中，数你最怪。"

我知道他这话是冲着我嘴边尚未消失的亲爱的微笑来的，但我以为，他决不可能看出我心中涌起的感谢的意味。这一准确的预想，自然进一步扩展了我的微笑。我本着人世上一般的友情，这样问他：

"你还回乡下去吗？"

"啊，俺明天就回去，三宫的夏季，那里也挺无聊的。……"

"最近在学校里没怎么见面啊。"

"还说呢，你根本没来上课。"——柏木说着，连忙解开制服的纽扣，摸摸里边的口袋。"……回乡之前，为了让你高兴高兴才带来的。从前，你对他崇拜得五体投地。"

"你读一读吧，鹤川留下的。"

"你和鹤川很熟吗？"

"可不，算是很熟。不过，那小子生前不愿意人家把他看做俺的朋友。可他有心里话只对俺说。他死了三年啦，人家知道了也没关系。特别是和你熟，就给你看几封吧。"

写信的日期都是在他临死前夕，昭和二十二年五月，几乎每天都从东京发给柏木一封。他从来没有给我写过一封信。看了之后我才知道，自打回京的第二天起，就每天给柏木写一封信。手迹无疑是鹤川的，字很稚拙，带着棱角。我有些嫉妒起来。鹤川看起来对我感情透明、一片诚心，他有时说柏木的坏话，指责我为何同柏木做朋友，同时自己又暗暗和柏木交往起来。

我按日期顺序读完了这些薄薄信笺上写满蝇头小字的信，行文之差无法形容，所有的思维也很滞塞，使人不忍卒读。前后文字，内里流露着朦胧的痛苦。读到最后日期发出的信，鹤川的苦恼已经鲜明地呈现在眼前了。我读着读着，不由哭起来了。一边哭，一边惊叹于鹤川这种凡庸的苦恼。

那只不过是一桩随处可见的小小的恋爱事件。他和那位对象没有获得父母允许，双方陷入了一种不幸的违反世俗的爱情里。不过，写信的鹤川本人，也许不自觉地夸大了自己的感情，下面一句话使我感到愕然：

"如今想想，这桩不幸的恋爱其实是我不幸的心灵造就的。我天生有一副黯淡的心灵,从来没有体验过欢乐明朗的感情。”

读罢最后一封信的末尾,激湍的情调戛然而止,这时我才由过去做梦也未曾想过的疑惑中省悟过来。

“莫非他……”

刚说了一半,柏木就对我点点头。

“没错,是自杀。我只能这么想。家人顾忌面子,才说是什么车祸。”

我一下子气得口吃了,紧逼着柏木的这句回答。

“你写回信了没有?”

“写了,但听说死后才寄到。”

“写了些什么?”

“俺叫他不要死,只说了这个。”

我沉默了。

我一直确信感觉不会欺骗我,这回才恍然大悟。

柏木的话击中了要害:

“怎么样?读了这些信人生观也变了吧,所有的计划都是白费心机,不是吗?”

三年之后,柏木才给我看这些信,他的用意很明白。我虽然受到很大的冲击,但是我一直没有忘记这样的情景:那天早晨,躺在茂密夏草丛中的少年,他的白衬衫上映着树荫里漏射下来的朝阳。鹤川死了,三年后变成这个样子了,寄予他身上的一切也都随着他的死一同消泯了,可是一瞬间,却以另一种现实重新复苏过来。较之记忆的意义,我更相信记忆的实质。这是因为,只有相信才能维护生命本身,不至于崩溃。……然而,柏木却俯视着我,他如今敢于亲自动手杀戮心灵,并为此而感到心满意足。

“怎么样?你心中有什么东西毁掉了吧?俺不能容忍朋友们抱着易毁的东西而活着。俺的亲切就是一心要毁掉这些东西。”

“还没毁掉的,怎么办呢?”

“不要像小孩子那样逞强嘛。”柏木嘲笑地说,“俺要告诉你的是,改变这个世界的,只能靠认识。不是吗?其他没有任何一种东西能改变世界。只有认识,可以使世界不变,保持原样,或者改变状态。用认识的眼光看问题,世界既是永恒不变的,又是不断变形的。也许你会问道,这样有什么用呢?然而,俺告诉你,为了忍耐此种生命,人们就得拿起认识的武器。动物不需要这种东西,因为动物没有忍耐生命的意识。认识就是生命的难耐原封不动转化为人的武器的东西,但其难耐性未曾减少。事情就是如此。”

“忍耐生命有没有别的办法可想呢?”

“没有。剩下的要么发狂,要么死去。”

“改变世界的决不是认识。”我冒着差点儿露馅儿的危险反驳道,“改变世界的是行为,只能靠这个。”

柏木果然带着一副冰冷的、硬是装出来的微笑接过我的话头:

“呶,来啦。说到行为啦。但是,你哪里知道,你所喜欢的美是在认识保护下贪睡的东西,就是有一次提到的《南泉斩猫》故事里的那只猫啊。那是一只无与伦比的漂亮的猫,两堂僧人之所以争夺,正是为了于各自的认识之中,保护和抚育猫,并使之安心睡眠。南泉和尚因为是行为者,他出色地斩掉猫,扔了。其后走来的赵州,将自己的鞋子顶在头上。赵州要表白的是,他其实知道,美是在认识的保护下好好睡眠的东西。不过,所谓个别的认识、各自的认识,是不存在的。认识是人类的海洋,人类的原野,人类一般存在的样态。我以为,这就是他所要说明的意思。你如今不是以南泉自居吗?……美的东西,你所喜欢的美的东西,只是人的精神中委托于认识的残存部分、剩余部分的幻影,亦即你所说的‘忍耐生命的另外方法’的幻影。也可以说,这些东西本来是没有的。话虽这么说,但强化这种幻影,尽可能使之赋予现实性,仍然是认识啊。对于认识来说,美,决不是慰藉,它是女人,也是妻子,但不是慰藉。然而,这种决非属于慰藉的美,一旦和认识结婚,就能生出一种东西来。哪怕虚无、缥缈、不可捉摸,总是可以生出某种东西来的。世上称作艺术的就是如此。”

“这美……”说到这里,我结巴得厉害了,思想也没边儿了。但此时此刻,一种疑惑划过我的脑际:我的口吃不正是我的美的观念所生出的东西吗?“这美……美的东西,对于我,是怨敌。”

“美是怨敌?”——柏木睁大眼睛,他那兴奋的脸上时常闪现着哲学般的豪爽。“这是多么不同啊!从你嘴里听到这些话,俺也要重新调整自己认识的角度啦。”

……之后,我们还久久地进行了亲密的讨论。雨依然下个不停。临回去时,柏木提到我尚未见过的三宫和神户港,谈起了夏天巨轮驶出海港的情景。我也唤起了对舞鹤的回忆。而且,不管是认识还是行为,出航的喜悦都是难以改变的。这种想法,使我们这些苦学生终于取得了一致的意见。

第 九 章

老师本该对我垂以训诫，但在应该垂训的时候却施以恩惠，这恐怕不是偶然的吧。柏木前来讨债五天后，老师把我招去，亲手交给我第一学期学费三千四百元和走读交通费三百五十元，以及文具费五百五十元。按学校规定，学费必须在暑假前缴清，我万没想到，自从发生那件事之后，老师还会给我钱。即便他有意帮助我，但既然知道我不可信赖，老师也会把钱直接寄给学校的。

其实我比老师更清楚，他把钱交到我手里，只是对我虚伪的信赖。老师默默赐予我的恩惠之中，含有类似老师那副柔软的桃红肌肉的东西。极富伪装的肉体，以信赖对付背叛、以背叛对付信赖的肉体，不为任何腐败所侵犯、悄悄繁殖的温馨、桃红的肉体。……

正如警官突然来到由良旅馆、很怕被他知道底细一般，此时我又抱着近似盲目的恐怖了。说不定老师早已看透我的心思，用这笔钱软化我，让我放弃原来的计划吧？我觉得在珍惜这笔钱财的日子里，是不会有勇气奋起行动的。我必须尽快想办法花掉这笔钱才是。但凡穷人是找不到正当花钱的路子的。我必须找到这样一种花钱的办法：一旦被老师知道，他会火冒三丈，立即把我赶出寺院才肯罢休。

这天，我在厨房里当班。晚饭后，我在水池边洗涮盘盏，无意中看了看寂静的食堂。水池和食堂之间被煤烟熏得黑黝黝的柱子上，贴着几乎完全褪色的告示：

阿多古祀符　注意防火

……我的心里显现了被这张护符封存和囚禁的火的苍白的影像。我看见曾经风光一时的火，躲在古老的护符后边颜色愁惨，沉绵不起。此时的我，在火的幻影里感受到了肉欲。——我这样说，人们会相信吗？假若我的生命意志一切都关系着火，那么肉欲也就很自然地冲着火而来，不是吗？我的此种欲望形成了火的柔软的姿态，光焰透过黑油油的柱子，它意识到已经被我所发现，似乎正要精心打扮一番。那手，那腿，那胸，都是轻柔无比的。

六月十八日晚，我揣着钱溜出了寺院，向通常称作五番町的北新地走去。听说那里收费便宜，对待寺院的僧徒也很亲切。五番町距离鹿苑寺要走上三四十分钟。

这是个湿度很高的夜晚，微阴的天空，月色迷蒙。我穿着咖啡色裤子，披着运动服，趿拉着木屐。也许几小时之后我就会穿着同样的服装走回来。但是，我怎能使自己承认，这内里的我已经变成另一个人呢？

我的确是为了生存才打算烧掉金阁的，但我所做的像是准备死。一个决心自杀的童贞男人，临死前都去逛窑子，我也要去逛一逛。放心吧，男人的这种行为就像在文书上署个名儿，即便失去童贞，他也决不会变成“另一个人”的。

那一次次的挫折，金阁遮断我和女人的关系那种挫折，如今已经不用害怕了。我什么也不想，因为我不愿通过女人参与人生。我的生命牢固地定位于彼岸，在到达那里之前，我的行为只不过是一种阴惨的手续罢了。

……我这样告诉自己。于是，柏木的话在我耳边响起。

“窑姐儿不是为了爱客而接客。老人、乞丐、独眼龙、美男子，甚至麻风病人，要是不了解，都能做她的客人。一般的人，安于此种平等，只买那些不曾破身的女子。可是，我没把这种平等放在眼里。四肢健全的男人和我都以相同的资格被招待，这一点我受不了。这对我来说等于是可怖的自我冒渎。”

想到这句话，对于现在的我是不快的。然而，虽然口吃但四肢健全的我，不同于柏木，只要相信自己极其寻常的丑陋就行了。

“……话虽如此，女人凭她的直觉，不仅知道我丑陋，还会看出我身上带有天才罪犯的标记。”

于是，我又抱着愚不可及的不安了。

我的脚步迟疑了,思绪越来越乱。到头来,我甚至弄不清楚到底是为了烧毁金阁而失掉童贞,还是因为失掉童贞才烧毁金阁的呢?这时,我无意中想起"天步艰难"这个高贵的词儿,于是一边反复念叨着"天步艰难,天步艰难",一边迈动着脚步。

走着走着,来到了挤满弹子房和小酒馆的明亮的闹市。走到尽头,看见黑暗的角落里排列着整齐的荧光灯和灰白的纸灯笼。

刚才一离开寺院,我就胡思乱想起来,我满心幻想有为子还活着,正在哪里隐居呢。这幻想给了我力量。

自从决心烧毁金阁以来,我又回到少年时代当初那种新鲜而无垢的状态,我可以再度见到人生初期所见过的人和事了。我这样思忖着。

我今后还会活下去,奇怪的是,每天总有一种不祥的念头折磨我,仿佛明天死神就要降临。我祈祷神明放过我,在烧掉金阁之前保佑我不死。我决不生病,也没有生病的征兆。然而,保障我生存下去的各种条件的调整和应负的责任,都毫无保留地落在我的身上了。我强烈地感受到肩上的分量越来越重了。

昨天大扫除,食指被扫帚枝儿戳破了,这小小不言的伤口使我甚感不安。我想起那位被玫瑰花刺伤指头而死去的诗人①。那些凡庸之徒是不会这样死去的。可是,我已经变成高贵的人了,真不知会招致何种命运的死亡呢。幸好,受伤的指头没有化脓,今天试着按一按,只是微微有点儿疼痛。

既然逛五番町,不用说我不会疏忽卫生方面的事情。前一天,我到很远的一家颇为陌生的药店,买了乳胶制品,那滑腻腻的薄膜显得多么无力和纤弱。昨晚,我拿一只试了试。软蜡笔描绘的茜红色的春宫佛画、京都观光协会的年历、禅林日课中正好翻到佛顶尊胜陀罗尼一章的经文、污秽的袜子、立着倒刺的榻榻米……这些物件的中央,我的那个玩意儿,像一尊光滑的、灰色的、缺鼻子少眼的、不祥的佛像,挺然而立。

---

① 指奥地利诗人里尔克(Rainer Maria Rilke,1875—1926),手指被玫瑰刺伤,引起急性白血病而死。

那种令人不快的姿态，使我想起流传至今的“罗切①”的残暴行为。

……我走进一拉溜儿挂满纸灯笼的横街。

百多所房舍都一个式样。这里只要靠上了地方上的总管，通缉犯也可以安全躲藏起来。总管一摇铃，立即传遍家家户户，告知通缉犯想办法躲避危险。

每家都是二层楼建筑，入口处都设有木格子暗窗。厚厚的古老瓦屋，屋顶都一样高，密密排列在潮润润的月光之下。家家门前，都挂着“西阵”染织的白地蓝花的布帘儿。扎着围裙的老鸨，歪斜着身子从布帘的一角窥视着外面。

我没有一丁点儿快乐的想法。我只觉得我被某种秩序所抛弃，离开人群，拖着疲惫的两腿，走在荒凉的土地上。欲望在我心中，露出不悦的脊背，抱膝团伏而坐。

“总之，我的义务就是在这里把钱花掉。”我想，“干脆，我把学费用在这里好了。这样，就给老师一个开除我的最有力的借口。”

我的这个打算，找不出奇妙的矛盾来。假如说这就是我的本意，那么我就必须爱护老师。

也许还没到开市的时刻吧，街上的人出奇得少。我的木屐踏得山响，老鸨们单调的呼喊，在梅雨时节低垂的潮湿的空气中回荡。我的脚趾紧紧夹着松弛的木屐带子。我想起战后有一次，我站在不动山顶眺望城里万家灯火，其中一定也有这条横街上的灯光吧。

我信步而至的去处，应该有有为子在。十字街口的一家店面名叫“大泷”，我猛一伸手撩开这家店的布帘儿。当头是一间六铺席大的门厅，花砖墁地，里面的椅子上坐着三个女人，全都是一副等火车等得不耐烦的风情。一人穿和服，脖子上缠着绷带。一人着洋装，低头脱下袜子，抓挠着小腿肚子。有为子不在，没有她使我很安心。

挠腿的女子像被唤来的狗扬起了头，那圆圆的稍显浮肿的面孔，儿童画般的鲜艳，白粉和胭脂境界分明。她朝我仰望着，眼神虽说有点

① 切除“摩罗”（僧人阴茎）以断淫欲。

怪,其实满含着善意。女子盯着我看,仿佛在街角里碰到的一位陌生人。那双眼睛全然看不出来我心中的欲望。

有为子不在,找谁都可以。我一直坚信:挑来选去,左等右盼,肯定要失败。正如女人没有挑选客人的余地一样,我也不用挑选女人。那种可怕的令人泄气的美的观念,丝毫不可让其介入进来。

老鸨问道:

"要哪个姑娘?"

我指指挠腿的女子。当时,也许她腿上泛起的一阵阵微痒,还有那徘徊于花砖地面的豹脚蚊咬的痕迹,成就了我同她的缘分吧。多亏那份儿痒,她后来才获得作为我的证人的权利。

女子站起来,走到我身旁,咧着嘴笑了笑,稍稍触动一下我的穿着运动服的腕子。

顺着阴暗而古老的楼梯爬上二楼,其间,我又想起有为子来。这个时候,她不在这个时候的世界上了。如今她既然不在,不论到哪里寻找,肯定都是找不到的。她好像到我们这个世界以外的澡堂里洗澡去了。

我认为有为子生前就能自由出入这个双重的世界。发生那场悲剧的时候,她一度拒绝了这个世界,紧接着又接受下来了。对于有为子来说,死,也许是权宜之计吧。她留在金刚殿渡廊上的鲜血,仅仅是晨起开窗时飞来的蝴蝶染在窗棂上的鳞粉。

二楼中央是通风口,四围镶着古旧的玲珑剔透的雕花栏杆,房檐下面搭着一排排竹竿,晾晒着红衬裙、内裤和睡衣什么的。光线晦暗,朦胧的睡衣看过去好似人影憧憧。

不知哪间房里的女人在唱歌。女子的歌声宛转流动,时时有走调的男声混合进来。歌声断了,经过短暂的沉默,便有女子断线似的笑起来了。

"那是她呀。"

陪我的女子对鸨母说。

"那丫头总是那个样子哩!"

鸨母依然顽固地背对着笑声发出的方向。我被领进一间逼仄的三铺席房子，一角的洗手间代替壁龛，上头散乱地摆着弥勒佛和招财猫。墙上贴着细长的字条，挂着年历。顶棚上吊着一盏三四十支光的昏暗的电灯。敞开的窗户传来外面嫖客稀稀落落的脚步声。

鸨母问我是暂歇还是包夜，暂歇四百元，我接着点了酒菜。

鸨母到楼下去端酒菜，女子没有靠近我的身边。鸨母端着酒回到楼上，在她的催促之下，那女子才挨近我。就近一瞧，女人鼻尖儿下面，有一小块儿蹭得发红了。女人有个习惯，不仅是小腿，无聊之时，总是浑身抓挠不止，鼻子下边那块红斑，指不定就是蹭上的口红。

我生来第一次逛窑子，竟能如此仔细观察，不必大惊小怪。我要尽可能根据我的亲眼所见，找出我快乐的证据来。要像欣赏铜版画一样精密地观察一切，然后原封不动地平贴在同我保持一定距离的地方。

"先生，我从前见过你呢。"

女子告诉我她叫鞠子，然后对我说。

"我是头一回。"

"你到这种地方来，真的是头一回吗？"

"是头一回呀。"

"可不是，你手都发抖啦。"

她这么一说，我才觉察端着酒壶的手的确在发抖。

"果真这样，鞠子今夜就交上好运啦。"鸨母说。

"好运还是坏运，等会儿就知道了。"

鞠子打趣地说。不过在我看来，她这话里没有肉感，鞠子的一颗心早已离开我和她的两副肉体，在另外的场所，像贪玩的孩子一般在做游戏呢。鞠子穿着淡绿的上衫，外头系着鹅黄的裙子。说不定是从同行姐妹那里借来的指甲油，出于调皮，只把两手的大拇指指甲染成了红色。

不久，进入八铺席大的卧室，这时，鞠子一条腿踩着被子，去拉电灯罩上长长垂下的绳子。灯光下面，鲜艳的友禅纺织的被面浮现出来了。这间房里有个装饰着法国偶人的漂亮的壁龛。

我笨手笨脚地脱掉衣服，鞠子披上淡红的毛巾浴衣，在里面十分麻利地褪去洋装。我喝了好多枕畔的水。女子听到水声，头也不转地笑着说道：

“你呀，别净顾着喝水。”

上了床后脸儿对着脸儿，她用手指轻轻在我鼻尖上点了一下。

“你真的是第一次玩吗？”

她说着，笑了。即使在枕头旁晦暗的灯影里，我也不忘观察。观察是我生存的证据，尽管如此，这种近距离地盯着对方两只眼睛，倒还是第一次。我所见到的或远或近的世界崩溃了。别人肆无忌惮地侵犯了我的存在，她的体温和香水如渐渐高涨的洪水淹没了我，使我陷于灭顶之灾。我第一次看到如此消融了他人的世界。

她完全把我当作一般正常的男人接受了我。谁都想象不到她会如此对待我。即便脱掉衣服之后，我依然在反复进行无数次的“脱衣”。我从身上脱掉了口吃，脱掉了丑陋和贫穷。我确确实实达到了高潮，但我不相信尝到这个快感的就是我自己。我突然涌起一种感觉——我被抛向了遥远的地方。不一会儿，这感觉就崩溃了。……我立即脱开身子，将额头抵在枕头上，用拳头轻轻叩击着冰冷、麻痹的脑袋。于是，一种被所有人抛弃的感觉袭击着我。不过，我还不至于流下泪来。

事情过后接着是枕边情话。女人告诉我，她是从名古屋流落到这里的。我迷迷糊糊地听着，一心只想着金阁。其实也是抽象的思索，并非像平时那样，带有凝重的肉感。

“下次再来啊。”

我从女人的话里，觉得鞠子只比我大一两岁，事实上也差不多。乳房就在我眼前，汗涔涔的。只是两团儿肉，决不会化为金阁的，我怯生生地用手指戳了一下。

“这玩意儿，没见过吧？”

鞠子说罢，抬起身子，像逗弄小动物一般，盯着自己的乳房，轻轻摇晃着。我由摇荡的肉块联想起舞鹤湾的夕阳。夕阳的变幻和肉块的变幻在我心目中结合成一体了。而且，眼前的肉块也像夕阳一样，顷刻间被层层晚霞所包裹，深深躺卧在黑夜的墓穴之中了。这种联想使我有了安心感。

*　　*　　*　　*

第二天，我又去了同一家店口，找了同一个女人。不仅是钱足够开销，因为最初的行为比起想象中的欢喜来十分贫乏，有必要再试行一次，力求接近想象中的欢喜，哪怕一丝一毫也行。我的现实生活中的行为，与众不同，最终总是倾向于对想象的忠实模仿。说想象不恰当，应该改称我的本源的记忆。我在人生中即将尝受的一切体验，应该以一种更为光辉的形式预先体验一次。我的这种感觉挥之不去。即使是此种肉体行为，我也感觉到在想不起来的时间和地点（多半同有为子），早已尝受了更剧烈、更使浑身麻木的官能的欢愉。这才是一切快乐的源泉，现实的快感只不过是从其中分赠来的一掬清水罢了。

我感到在遥远的往昔，我的确在哪里看见过无比壮丽的晚霞。后来看到的晚霞，多多少少都显得褪色了。这是我的罪过吗？

昨天，女人把我当成平常的人对待我，今天，我揣着一本数日前在旧书店买的袖珍本古书去了，书名是贝卡里亚的《论犯罪与刑罚》。十八世纪意大利刑法学家写的这本书，是启蒙主义和合理主义的古典的正餐，只读了几页就扔下了。我想，女人也许会对这个书名感兴趣的。

鞠子和昨天一样，依然对我笑脸相迎。虽说是相同的微笑，但丝毫不留有“昨日”的痕迹。而且，她对我的一番柔情里，也有着对于她在某个街角偶然见到的人的柔情。不过，这样说是因为她的肉体就像某个街角的人一样。

我们在小客厅里交杯换盏，一点儿也不觉得生分了。

“今天又来找她啦？年纪轻轻，倒是个情种哩！”

鸨母说道。

“不过，每天来，不挨和尚师傅骂吗？”鞠子看到我被识破后露出惊慌的神色，接下去说，“这瞒不了我。如今都是留大背头的，剃平头的肯定是和尚。别看我们这儿，据说当今那些名僧们，年轻时都来过呢。……好，咱们唱歌吧。”

鞠子冷不丁地唱起海港女人之类的流行歌来了。

接着，第二次行为在已经熟悉的环境中，毫无阻滞地愉快地完成了。这回，我虽然瞥见了快乐，但还不是我想象的那一类的快乐，而只是自己感到适应的自甘堕落的满足罢了。

完事之后，女人像老大姐似的用感伤的口吻训导我，使我瞬间涌起的兴奋，一下子又毁了。

“你最好不要常来这里。”鞠子说，“你是个老实人。我是这样想的，你还是不要陷得太深，还是多多用心在生意场上为好。其实，我也巴望你能来，不过你要理解我的心情。我把你当作弟弟一般看待呢。”

鞠子也许在低级故事书里学来的话吧。她说这段话的时候，也没有带着深深的情意，只是把我作为对象，编织一则小故事罢了。鞠子期待着同我共享她所制造的情绪，我要是被她感动地哭起来，那就更好了。

但我没有那样做。我随即拿起枕畔的《论犯罪与刑罚》，杵向女人的鼻尖。

鞠子顺从地翻看一下袖珍本的书页，她一声不响地扔回到原来地方。那本书早已离开了她的记忆。

我希望女人在同我相会的命运里，能体察出某种预感来。希望在协助我促成世界没落的意识中，更加靠近我一步。我以为，这对于女人来说并非无关紧要。这种焦虑到最后，我终于说出了不该说的话来。

“一个月……你看吧，一个月以内，报纸上就会大登特登关于我的新闻。到那时候，你再想想吧。”

话音一落，我的心就激动得怦怦乱跳。不料，鞠子却大笑起来。她笑得两乳晃动着，频频望着我，咬着衣袖一时忍住了，随后又立即笑得前仰后合，浑身颤动。究竟什么事这样可笑呢？鞠子肯定也说不明白。女人觉察到这一点，于是止住了笑。

“有什么可笑的事吗？”我提出这个愚蠢的问题。

“你呀，你在撒谎，啊，真好笑。你不要再骗人了吧。”

“我没有撒谎。”

“算啦，啊，真好笑。简直笑死人啦。满嘴谎话，却装作一副老实相。”

鞠子又笑了。她这次笑的理由很简单,也许我极力说出的话显得特别结巴的缘故。总之,鞠子完全不相信我了。

她不相信我了,哪怕眼前发生地震,她也一定不会相信了。世界即便崩溃,只有这女子也许不会崩溃吧。这是因为鞠子只相信事情会按照自己所希望的路子发生,而世界偏偏不会按照鞠子想象的那样崩溃,鞠子根本没有机会考虑这些。在这一点上,鞠子很像柏木。不考虑女人的柏木,就等于鞠子。

话题中断了。鞠子露着乳房,哼着歌曲。这时,歌曲被苍蝇的嗡嗡声遮蔽了。苍蝇在她周围飞旋,有时停在乳房上。

"好痒痒哩。"

鞠子只是说着,也不驱赶。苍蝇停在乳房上的时候,就像粘在上边。当受到惊吓时,这种爱抚对鞠子来说并非完全没有必要。

屋檐上响起雨声,好像只有那一个地方在下雨。闯入这条街角的伫立不动的风,阻挡了雨势的扩大。那里就像我所待的地方,被游离于广大的夜之外。那雨音局限于枕畔黯淡的灯笼照射下的世界里。

如果说苍蝇喜欢腐败,那么鞠子已经开始腐败了吗? 难道什么也不相信,就是腐败吗? 鞠子居住于自己绝对的世界,才会被苍蝇光顾的吗? 我对这些一概不懂。

但是徒然落入死一般假睡的女人,那被枕边的灯光圆圆照射的乳房的光亮里,苍蝇也似乎迅速进入睡眠,一动不动了。

*　　*　　*　　*

我没有再去"大泷",该干的都干了。剩下的就等着老师发现学费的用途后,将我撵走了事。

但我决不在行动上有任何暗示,以免让老师觉察出花钱的路子。坦白没有必要,不坦白老师也会嗅出来的。

我为何在某种意义上如此相信老师,企图借助老师的力量呢? 这很难说明白。而且,自己最后的决断还要交给老师,等着他驱逐,个中缘由我也闹不清楚。我在前边说过,我很早就看到老师的无能为力。

第二次逛窑子几天后,我看到过老师的这副身影。

这在老师是很少有的。那天早晨，开园之前，他朝着金阁方向散步，对我们正在打扫的人表示慰问。老师穿着凉爽的白色衣衫，登上通往夕佳亭的石阶。我想，他也许要在那里独自品茗净心吧。

那天早晨，天边飘曳着灿烂的朝霞，万里晴空流动着火红的云彩。那彩云含情脉脉，似乎还没有完全醒来。

扫除结束了，大伙儿各自走回本堂，只有我一个人通过夕佳亭旁边，沿着小路朝大书院后面走去。因为大书院后头尚未清扫。

我拿着扫帚登上金阁寺院墙围绕的石阶，来到夕佳亭附近。树林被昨夜的雨水打湿了，灌木叶子尖上缀满水珠儿，映着空中的朝霞，看起来就像结出淡红的果子一般。沾满露水的蜘蛛网也泛着微红颤动着。

我满怀感动眺望着地上的物象如此敏锐地含蕴着天上的色彩。蓄积在寺内绿树上的润泽的雨气，也完全是上天所赐予。一切都鲜润欲滴，恰似饱享着恩宠，散放着腐败和翠碧相混合的馨香。不过，这都因为这些植物不知道如何拒绝的缘故。

众所周知，有座拱北楼和夕佳亭相连接，其名出自“北辰之居其所而众星拱之”①。但是，如今的拱北楼和义满威震四方的时候不同了。此楼重建于一百数十年之前，作为时尚的圆形茶席。夕佳亭不见老师的身影，大概在拱北楼里了。

我不愿和老师单独见面，顺着篱笆墙曲着身子前行。老师总不会打正前方过来吧。我就是这样悄悄地走着路。

拱北楼大敞着，像寻常一样，可以瞥见壁龛里悬挂着圆山应举的立轴。里面还摆着一只天竺传过来的白檀木的厨棚，雕工纤细，已经伴着岁月一同变黑了。左方可以看到利休喜好的桑棚。也能看到障子上的绘画。我惟独没有发现老师的身影，所以将头伸出篱笆墙向四周环顾了一下。

房柱旁阴暗的地面上，看过去仿佛堆着一大包白色的东西，仔细一

① 出自《论语》，意思是“北极星近旁有许多星星围绕”，比喻帝王身边有群臣拱手而立。

瞧，是老师。穿着白色衣衫的身子缩了又缩，脑袋埋在两膝间，用两只袖子捂着脸，团团坐在那儿。

老师就那一种姿势，静静的，一动不动。反而是一直盯着他的我，内心里翻动着种种感情。

当初我想，老师大概是得了某种急病，他耐不住发作时的痛苦吧。我真想立即跑上前去照顾他。

然而，另一种力量将我制止了。不论从哪种意义上说，我都不爱老师，下定决心，明天就要放火。因此，所谓照顾也是作假。再说，如果我去照顾他，其结果就是会招来和尚的感谢和情爱，我害怕这会使我心软下来。

仔细一瞧，老师根本没有生病。不管怎么看，那姿态早已失去了骄矜与威仪，在别人眼里，宛如一只可怜的野兽蜷伏在那里。我发现他的袖子在抖动，好像有一件无形的重物沉沉地压在他的脊背上。

那无形的重物究竟是什么呢？我忖度着。是苦恼呢，还是老师自身难以承受的无力感？

随着耳朵渐渐习惯，我听见老师在低声念经，但不知道是什么经文。老师有着我们所不知道的黑暗的精神生活。相比之下，我拼命试行的小小的罪恶和怠慢，简直微不足道。这个念头为着刺伤我的骄矜而突然出现了。

是的，当时我感觉到了。老师那种团伏于地的姿态，一如被拒绝进入专门道场的游方僧，终日在山门前，垂头打坐在自己的行囊上过日子。假若像老师这样的高僧，也学着新来的游方僧那种修行方式，那么这种谦逊真是令人惊讶。我不知老师对什么如此谦逊。老师是用那种庭园的绿草、树木的叶尖儿、蛛网的夜露，对待天边朝霞一样的谦虚，对待并非出自自己本源的恶与罪，而且原封不动地通过野兽的姿势反映于自身之上。莫非就是这样一种谦虚吗？

“他是做给我看的！”我猛然悟到。没错，他知道我经过这里，为了给我看，才装作这样的。老师明明知道自己无能为力，终于发现对于时世颇具讽刺意味的训诫的方法，企图以无言撕裂我的心扉，唤起我的怜悯情怀，最后迫使我屈膝。

不知为何,我心里一时迷乱起来,看到老师这副样子,我被感动了,这是事实。虽然我极力否认,但毫无疑问,我即将滑入爱慕老师的境界线了。但一想到是“做给我看的”,就立即翻然悔悟,我比从前更加坚定不移了。

这时候,我下决心放火,不再指望老师将我放逐与否了。老师和我已经成为互不影响的不同世界的居民。我心无挂碍,不需要借助外力,可以为所欲为地大胆行动了。

朝霞消隐,天空云层攒聚,灿烂的朝阳从拱北楼围廊上退去了。老师依旧团伏在那里。我迈动脚步匆匆离去。

* * * *

六月二十五日,朝鲜爆发战争,世界真的要没落、灭亡了,我的预感实现了。我必须立即动手。

第 十 章

其实,我去五番町的第二天,已经做过一次试验。我把金阁北侧板壁上二寸长的钉子拔掉了两根。

金阁第一层法水院有两个入口,东西各有一个,安装着左右对开的门扉。值班老人夜晚登上金阁,从里头将西门锁好,然后再从外面把东门关紧,下了大锁。但我知道,即便没有钥匙也能进入金阁。自东门绕向金阁后面的北侧的板壁,正好护卫着阁内的模型金阁的后方。这木板早已老朽,只要将上下钉子拔掉六七根,就能很容易打开。钉子都松了,用手一拔就掉。所以我试着拔掉了两根。拔下的钉子用纸包好,藏在桌子抽屉的尽里头。过了几天,谁也没有发现。再过一周,还是听不到动静。二十八日晚上,我又悄悄把两根钉子放回原处。

见了老师俯伏在地上的样子,我决心不靠任何人的力量。就在那天,我到千本今出川西阵警察局附近的一家药店买了镇静药。起先店员拿出三十片一瓶的,我叫他换大瓶的,花一百元买了一百片。又到警察局南邻的五金铺花九十元买了带刀鞘的刃长四寸的小刀。

夜里,我在西阵警察局前面走来走去,好几扇窗户里灯火通明,我看见一个敞开衣襟的刑警夹着皮包急匆匆地进去了。没有一个人注意我。过去二十年,谁也没有注意过我。如今,这种状态还在继续。眼下,我依然不重要。在日本这个国家,有着几百万几千万生活在角落里毫不引人注目的人,目前我也是属于这一类的。这些人生生死死,丝毫不关系到社会的痛痒,这些人确实是使社会放心的一群。所以,刑警也很放心,他连瞧都不瞧我一眼。散放着红雾般光亮的门灯,照耀着"西阵警察局"一横排石雕文字,其中的"察"字脱落了。

回到寺院,我想起今宵的采购,买来的这些东西令我激动不已。

小刀和药物是为万一不得不死时准备的。就像一个有了新家庭的男子，总要添置一些生活用品，这样的采购使我满心欢喜。回到寺里后，我对这两样东西百看不厌。我抚弄着刀鞘，试着舔了舔刀刃。那刀刃立即蒙上一层雾气，舌头一阵冰冷，临了竟感到微微的甜味儿。这甜味儿来自薄薄钢刃的肌理，来自不可到达的钢的实质，如微光一闪，传到了舌头上。带着如此明显的形状，深海蓝似的铁的光泽……同唾液混合，于舌尖儿上永远保持一种清冽的甘甜。不久，这甘甜也远去了，我的肉体不知不觉沉醉于此种甘甜的迸裂之中。我愉快地思索着这一天。看来，死亡的天空和生存的天空一样明媚。而且，我忘记了黑暗的思考。这个世界已经没有痛苦了。

战后，金阁安装了最新式火灾自动警报器。金阁内部达到一定温度时，警报声就能一直传到鹿苑寺事务室走廊上来。六月二十九日晚，这只警报器出了故障，发现故障的是老向导。他在执事宿舍里报告了这件事情，我正巧在厨房里听到了。我想我听到了上天的鼓励。

第二天三十日早晨，副司给安装机器的工厂打电话，请他们来修理。心性善良的老向导特地把这事告诉了我。我紧咬嘴唇。昨夜倒是个实行的机会，我放过了这个千载难逢的好时机。

傍晚，修理工人来了。我们一个个好奇地看着修理的情景。修理花了很长时间，工人只是一个劲儿摇头，围观的人也都逐渐散了，最后我也只好走了。剩下的就等着修理成功，工人试验着拉响警报，让声音传遍整个寺院了。对我来说，只要等着这个绝望的信号就行了。……我等待着。夜色如潮水一般涌上金阁，修理的小小灯光还在闪亮。警报没有响。工人死心了，他撂下一句话，说明天再来，就回去了。

七月一日，工人没有如约再来，寺里也没有催促他们尽早来修的理由。

六月三十日，我又去了一趟千本今出川，买了夹心面包和糯米饼。因为寺里不给吃零食，我经常用有限的几个零钱，从那里买些少量的食物。

但是三十日买的点心既不是为了填肚子，也不是为了帮助服用安眠药,勉强地说,是一种不安的心绪迫使我干的。

手里的鼓鼓囊囊的纸袋和我的关系,我即将着手进行的完全孤立的行为和毫不起眼的夹心面包的关系。……阴沉的天空渗下来的阳光,犹如闷热的雾霭笼罩着古老的街衢。汗悄悄流着,突然在我背上划出冰凉的水线。我疲惫不堪了。

夹心面包和我的关系是怎样的呢? 我估摸着,面临行动不论精神如何紧张和集中,我的被留下来的孤独的胃袋依然寻求其孤独的保障。我感到我的内脏就像那可怜的、然而决不驯服的家犬一样。我很清楚,不管一颗心如何觉醒,胃和肠这些迟钝的脏器,依然沉溺于那种随意的、不温不火的生活常态中。

我知道自己的胃袋向往什么,它在向往夹心面包和糯米饼。我的精神在追求宝石的过程中,它也在执拗地追求夹心面包和糯米饼。……当人们试图勉强理解我的犯罪意图时,这夹心面包总能提供一些体面的线索吧。人们会说:

"那小子肚子饿极了,倒也是人情之常嘛!"

* * * *

这天终于来了。昭和二十五年七月一日,前边已经提起过的火灾警报器,这天看来也不可能修好。下午六点,已经得到证实。老向导再次打电话催促,工人回话说对不起,今天太忙不能来,明天一定上门来修。

这天拜谒金阁的人有一百多名。六点半闭馆,人流即将退去。老人打完电话,他的工作也就结束了。他站在厨房东侧门口,呆呆望着小小的菜园。

细雨迷蒙,从早晨起下下停停,好几阵了。微风拂拂,气候不怎么闷热。菜园里的南瓜花,在雨里点点闪现。一旁黑黝黝的田畦里,上月初播种的大豆发芽了。

老人在考虑着什么的时候,总是不住抖动着下巴颏,有时还震颤着镶得不太好的假牙。嘴里每天念着同一种解说词,越来越听不清了,这也和假牙有关系。人们劝他换一副,他不听。他望着菜园,嘴里嘀咕着什么。嘀咕一阵，震颤着假牙，震颤一会儿，又开始嘀咕。多半是抱怨警报器没有及时修理好吧。

听着他那模模糊糊的叨咕，似乎在告诉我，假牙也好，警报器也好，不论如何修理都是不可能修好的。

当天晚上，一位稀客来鹿苑寺探望老师。他是过去和老师共同参禅的僧堂朋友、福井县龙法寺住持桑井禅海和尚。若说老师的僧堂朋友，我的父亲也算一个。

向老师去的地方挂电话，对方告诉说，老师一小时后就回来。禅海和尚这次来京都，打算住上一两天。

父亲曾经高兴地谈起过禅海和尚，我很清楚，父亲对和尚怀有一片敬爱之心。和尚的外观和性格完全是一副刚强、粗放的禅僧的典型。他身长六尺，皮肤黧黑，眉毛浓密，声如洪钟。

寺里的师弟叫我来了，他传达了和尚的意向，和尚说在等待老师回寺的这段时间里，想和我聊聊。这时，我犹豫了。我害怕和尚那副单纯而澄明的眼睛，会一下子看穿我今晚上即将实施的企图。

和尚打坐在本堂客殿十二铺席的厅堂里，正在享用副司为他精心制作的素斋酒食。本来师弟为他斟酒，这回由我代替了。我规规矩矩坐在和尚正对面，伺候他吃喝。我背对着黑暗里静寂无声的雨。于是，和尚也只能看到两种黑暗的风景：我的脸孔和梅雨时节夜间的庭院。

然而，禅海和尚一点儿也不感到拘束，他初次见到我，就说我很像父亲。还说我长成大人了，父亲的死很令人惋惜什么的。他接连不断地爽朗地说着话。

和尚有着老师所没有的素朴和父亲所缺乏的力量。他的面孔被太阳晒黑了，鼻翼张得很大，浓眉高高隆起，积成了肉疙瘩，那副模样，活像雕成的能乐剧的假面具。他的五官并不匀称，但内力充足，而且这种力量随意表露出来，打破了形象的均衡。就连突起的颧骨也像南画中奇峭的山岩。

尽管如此，这位说起话来声如洪钟的和尚，却有着震撼我的心灵的亲切之情。这不是世上那种常见的亲切，而是像长在村口的根深叶茂的大树，将清荫罩在旅人身上，抚慰他好好休息的那种亲切。这是一种像树根一般扎手的粗糙的亲切。他越是说下去，我越是提高警惕：自己的决心千万不能被这种亲切弄得迟钝了。于是，我又进一步怀疑，这和尚是不是老师专门为我邀请来的？为了我，特意从福井招请和尚进京，这种事儿不大可能。和尚这位奇妙的偶然的客人，只不过是最好的摊牌的证人罢了。

盛满两合酒的白瓷大酒壶喝空了，我对他略一施礼，就到厨房去拿酒。我捧着灼热的酒壶回来时，身上产生一种未曾有过的感情。虽说我从未有过希望被人理解的冲动，但到了这会儿，我却希望能被禅海和尚所理解。重新回来为他斟酒的我，眼睛和刚才不同了，和尚该能看出来，比先前更率真、更明亮了。

“您对我怎么看？”

我问。

“唔，看样子是个很认真的好学生。背地里喜欢干什么我不知道，但可悲的是现在和过去不同，要玩也没有钱啊。你父亲和我，还有这里的住持，年轻时可放荡啦。”

“您看我是个平凡的学生吗？”

“平凡比什么都好，要的就是平凡。平凡谁也不会见怪啊。”

禅海和尚没有虚荣心。作为高僧，这是容易陷入的弊端。因为他们从人物到书画古董，具有万般敏锐的眼光，所以有些人说话不加断定，以免鉴定错误日后遭人耻笑。当然，他们也会发挥禅僧风格的当场独断，但在某些方面总留有意味深长的余地。禅海和尚不是这样。很显然，他凡是看到的，怎么想就怎么说。对于那些映现于他的单纯而深邃的眼睛里的事物，不去特别追求意义，也不管有意义还是无意义。而且，我感到和尚比什么都伟大。他看问题，例如看我，和尚只是用眼睛看，并不借住什么特别的手段故弄玄虚，他像别人一样地看。在和尚看来，单纯的主观世界是没有意义的。我明白和尚想说什么，徐徐变得安然了。只要别人认为我平凡，那么我就是平凡的人，不论干出什么异常的行动，我的平凡总会像篮子淘过的米一样保留下来。

我不由把自己想象为一棵枝叶茂盛的小树，静静站立在和尚的面前。

“那么人们怎么看，我就怎么活着，这样可以吗？”

“那样也不成。你要是干出什么出奇的事情，人们就会另眼相加。要知道，世人是健忘的啊。”

“别人看到的我，和我想象中的我，哪一个更持久呢？”

“两者都将会立即中止。即使费尽心思想持久，也总会中止的。火车奔跑的时候，乘客是静止的。火车停止了，乘客就必须从那里步行。奔跑也是停止，休息也是停止。死是最后的休息，即便如此，但也没人知道能持续多久。”

“请把我看透吧。”我终于说，“我呀，不像您所想的那样，请看透我的真心吧。”

和尚喝着酒，直直盯着我看。那凝重的沉默宛若经雨打湿的鹿苑寺黝黑的大屋顶，沉重地压在我的头上。我战栗了。和尚对于这个世界，也遽然腾起了爽朗的笑声。

“用不着看透，一切都表现在你的脸上。”

和尚说道。我觉得我完全地毫无保留地获得了理解。我开始感到一片空白。就像渗入这片空白的水滴，我行动的勇气鲜明地涌现出来了。

老师回来了。晚上九点，四个警备员照常出外巡逻去了。没有一点儿异常的情况。归来的老师同和尚把盏对饮。深夜零点三十分光景，师弟把和尚领到宿舍就寝。接着，老师洗澡，谓之“开浴”。二日凌晨一点，击柝声停了，寺院一派宁静。雨依然无声地下着。

我独自坐在铺好的床铺上，估摸着鹿苑寺沉滞的夜。夜次第增加密度和重量，我五铺席的储藏室粗大的房柱和门板支撑着古老的夜，看起来十分庄严。

我在嘴里试验着结巴，说出一个词儿，简直就像平时从布袋里掏东西一般，总是挂在什么上头，很难拿得出来，等狠狠折腾我一阵子之后，这才出现在嘴边。我内心的厚重与浓密犹如今晚的黑夜，而语言就像深夜水井里的吊瓶，磕磕碰碰地升上来了。

“眼看到时候了，再忍耐一会儿。”我忖度着，“我的内心和外界之间这把生锈的锁顺利地打开了，内心和外界打通了，风从那里自由地吹过。吊瓶张开羽翼轻轻飞升，一切都以广大的原野姿态在我面前扩展，密室消亡了。……它已经来到我的眼前，我一伸手就能触及到。”

我充满幸福，在黑暗里坐了一小时。我感到有生以来，从未像现在这般幸福。突然，我从黑暗里站了起来。

我蹑手蹑脚走到大书院后头，穿上早已准备好的草鞋，冒着细雨沿鹿苑寺里侧的沟渠走向作业场。作业场上没有木材，满地的刨花淋湿了，散放着浓郁的香气。那地方堆积着买来的稻草，一下子买来四十捆。可是几乎全用完了，只剩下三捆供今晚使用。

我抱起这三捆稻草回到菜园旁边。僧舍那边寂静无声。拐过厨房来到执事寮时，那里厕所的窗户突然亮了，我立即蹲缩在地上。

听到厕所里有人故意咳嗽了一声，似乎是副司。不久传来放尿的声音，哗哗哗响了老大一阵子。

我怕稻草被雨打湿了，猫着腰将稻草紧紧护在胸前。微风拂动着凤尾草，下雨天草丛中沉淀着厕所里浓烈的气息。……尿声停止了，听到身子摇晃着撞到板壁上的响声。看样子副司还没有彻底清醒过来。窗户里的灯光熄灭了，我又抱起三捆稻草朝大书院后面走去。

论起我的财产，只有一只盛着日常用品的柳条包和一只旧的小皮箱。我想把这些全都烧掉。今夜我已经将书籍、衣服、僧装等琐碎杂物，一并装进两只箱子了。你看，我还是挺仔细的呢。搬运途中容易发出响声的，例如蚊帐钩子，还有不着火会留下证据的，例如烟灰缸、玻璃杯、墨水瓶之类，裹在坐垫里，再用包袱包起来，放在别的地方。还有一床褥子和两床被子要一起烧掉。接着，把这些大件行李一点点运到大书院后门口，然后再去拆掉金阁北侧的板壁。

一根根钉子，像插进软土一样很轻易地拔除了。我用身体搪住木板免得倒下来。朽木的外表湿漉漉、胀鼓鼓地蹭在我的脸颊上，没有像想象中的那么重。我把拆卸的木板横放在一旁的地面上。瞥一眼金阁的内部，依然一团漆黑。

木板宽度正好可以斜着身子进去，我随即潜入金阁的黑暗之中。出现一张奇怪的脸，吓了我一跳。原来在擦火柴的时候，金阁模型的玻璃柜上映出了我的面孔。

都什么时候了，我却盯着玻璃柜里的金阁瞧得入神。这小小的金阁映照着月亮般的火影，摇曳生姿，一组纤细的木质结构蹲踞在一派不安的气氛中。倏忽又被黑暗吞没了，火柴燃尽了。

我惦记着那熄灭的红火星儿，就像在妙心寺看见的那个学生一样，认真地用脚踩灭了，这实在有点儿奇怪。接着，我又重新擦着了一根。走过六角经堂和三尊像前边，来到香火柜旁，上面镶着一排投钱用的木格子，那阴影在摇摆的火柴光里飘浮。香资柜里面有鹿苑院殿道义足利义满的国宝木雕。这是一尊身着法衣的坐像，衣袖向左右延长，笏板由右手横向左手。瞪着眼睛，剃得溜光的小头，脖颈缩在法衣领子里。眼睛在火光里闪耀，可我一点儿也不害怕。小小的偶像显得阴惨惨的，守坐在自己建造的馆舍角落里，不得不放弃昔日的统治。

我打开通往漱清的西门，前面提到过，这是可以从里面打开的双扇门。雨夜的天空，从金阁内部看上去颇为明净。潮湿的门扉发出低低的吱吱声响，青蓝的夜气乘着微风涌了进来。

“义满的眼睛，有义满的眼睛。”我从门内一跃身子跳到门外，跑回大书院的路上我这样想着，“一切都在他的眼前进行。他什么也看不见。一个早已死去的证人面前……”

奔跑时，裤袋里的东西发出了响动，是火柴盒的声音。我站住，将火柴塞满花纸，消除了响声。另一个口袋装着裹在手帕里的药瓶和小刀，不会发出响声。夹心面包、糯米饼和香烟放在上衣口袋里，本来就没有声音。

接着，我进行机械性的作业。我把堆在大书院后门边的行李分四次搬到金阁内的义满像前面。最初搬的是，摘掉钩子的蚊帐和一床褥子。第二次搬的是两床被子。其次是皮箱和柳条包。然后是三捆稻草。这些东西杂乱地堆在一块儿，三捆稻草夹在蚊帐和被子之间。因为蚊帐最容易着火，用一半披在其他物件上。

最后，我又踅回大书院，抱起那包不易着火的东西，向金阁东头的池畔走去。我很快来到眼前可以看到泊舟石的地方，这里位于几棵松树底下，可以躲避淋雨。

池面映着夜空一片灰白。茂密的水藻似乎织成一片陆地。狭窄的缝隙散落其间，从那里才可以窥见下边的池水。雨滴无法在水面绘出波纹来。细雨如烟，雾气沆荡，池水看起来似乎漫无边际。

脚边一块小石头掉进水里，响声很大，似乎震裂了我周围的空气。我缩着身子一动不动。我想用沉默抹消眼下这种出乎意料的响声。

我把手伸进水中，指头缠绕着温热的水藻。我首先将蚊帐钩子浸在水里，松开手心。接着是烟灰缸，权且交给池水去洗涤。玻璃杯、墨水瓶也都同样投入水中。该扔进水里的都扔进去了，身边只剩下包裹这类东西的坐垫和包袱皮儿了。我把这两件东西送到义满像前面，只等着点火了。

这时我突然感到饥饿，这倒很符合原先的预想，不过却使我有一种被背叛的感觉。昨天吃剩的夹心面包和糯米饼还在口袋里。我把湿漉漉的手在衣裾上一蹭，狼吞虎咽地吃起来。吃不出什么味道。味觉是另外一回事，我的肚子在叫，我只顾慌慌张张将点心塞进嘴里了事。我的心脏剧烈地跳动。我终于吃完了，捧起池水喝了几口。

……我距离行动只差一步了。为此所进行的长期的准备全部结束了，我站在准备的尖端上，只需纵身一跃了。只要一举手一投足，就能很容易达到行动阶段了。

我做梦也没有想到，这二者之间，正有一个张开大口的足以吞噬我一生的广阔的深渊。

这时候我眺望着金阁，打算向它表示最后的告别。

金阁沉浸于雨夜的黑暗里，其轮廓飘忽不定，犹如黑魆魆的夜的结晶体屹立在那儿。定睛一看，直至三层的究竟顶俄而变细的结构、法水院和潮音洞纤细的木柱群，好容易辨认出来了。然而，曾经那样感动我的细部，却融汇在一色的黑暗之中。

随着我对于美的回忆越来越执着，这黑暗变成了可以恣意描绘幻想的画稿。这黑色的聚合在一起的形态中,潜隐着我所考虑的美的全貌。通过回忆的力量,将美的细部逐一从黑暗中闪现出来,闪现传播开去,最后在既非白昼亦非暗夜的奇妙的时间闪光之下,金阁慢慢清晰地映现于眼前。金阁从未像现在这样,每个角落都显露出如此完全而细致的姿态矗立于我的面前。我仿佛将盲人的视力变成自己的视力了。因自发的光亮而变得透明的金阁,从外侧看去,潮音洞飞天奏乐的天棚画和究竟顶墙上古老的金箔残片,也同样历历在目。金阁纤巧的外部和内部交混在一起了。我的眼睛将其结构、主题的明晰轮廓,以及使主题具体化的细部上的精心的反复和装饰,还有对比和对称的效果等,一览无余。法水院和潮音洞同样大小的二楼,虽然显现出微妙的差别;但都被同一处深深的庇檐所保护,堪称一双十分相似的梦幻、一对十分相似的快乐的纪念重合在一起。其中只有一处,把将要潜入忘却的东西,上下加以亲切的验证,为此,梦才变成现实,快乐才变成建筑。然而这一层由于顶戴着第三层究竟顶骤然收缩的外形,一度受到验证的现实崩溃了,而由那个时代黝黑而闪亮的高迈的哲学所统合,以致臣服于它。而且,木板葺顶的屋脊高高耸峙,金铜凤凰连接着无明长夜。

建筑家并不因此而满足。他在法水院西侧,设计一座类似钓殿的凸露出来的漱清。看来,他在打破均衡这方面,用一切美的力量作为赌注。漱清在这座建筑上反抗形而上学,它虽然决不向水池伸延,但看起来却似乎力求逃逸金阁中心,远走高飞。漱清宛如由这座建筑一跃而起的鸟儿,眼下正展开羽翼,向着池面,向着现世所有的一切遁逃而去。它意味着由规范世界的秩序向无规范过渡、也许是向官能过渡的桥梁。是的,金阁的精灵是由半像断桥的这座漱清起始,幻化形成三层楼阁,然后再由这座桥面逃脱。为什么呢?因为晃漾于池面上的莫大的官能力量,是建筑金阁的隐蔽力量的源泉,此种力量完全被秩序化而完成三层之后,已经耐不住在此停驻,只得沿着漱清再次向池面、向晃漾的无限官能、向故乡逃遁。我时常这样想,每逢看到笼罩在镜湖上的朝雾或夕霭,我就认为那是构筑金阁的众多官能力量的栖息之所。

而且,美,统括着各个部分的争斗、矛盾以及一切反常的格调,并君临其上！犹如在深蓝的纸本上用金泥一笔一画认真抄写的纳经①，这是用金泥构建在无明长夜上的建筑。然而，我不明白，美是金阁本身呢，还是美就是和包裹金阁的虚无的夜等质的东西呢？美也许两者兼而有之吧，既是细部，又是全体；既是金阁，又是包裹金阁的夜。这样一想，曾经使我苦恼的金阁的不可理解的美，似乎明白一半了。为什么呢？因为细部的美，那柱群，那勾栏，那棂窗，那木板窗，那花头窗，那宝形的屋盖……那法水院，那潮音洞，那究竟顶，那漱清……那池水的投影，那成群的小鸟，那松树以及泊舟石等细部的美，一一检点起来，美决非在细部终了，在细部完结，任何部分都包含着下一个美的预兆。细部的美充满自体的不安，它既梦想完全，又不知完结，一味被动地走向下一个美——未知的美。而且，预兆连着预兆，一个个不存在于此的美的预兆，可以说构成了金阁的主题。这些预兆是虚无的预兆。虚无就是这种美的构造。于是，在这些美的未完的细部之上，自行包含着虚无的预兆，这座匠心独运、精美纤细的建筑，犹如风中颤动的璎珞，它颤动于虚无的预感之中。

尽管如此，金阁的美是永恒不灭的！它的美总是不时地在什么地方发出鸣响。就像患有耳鸣痼疾的人，我到处都能听到金阁之美发出的响声，我听惯了这种音响。那声音好比是这座建筑历经五个半世纪以来一直鸣奏的小金铃铛，或者是小风琴。这声音一旦断绝……

我陷入疲惫不堪之中。

幻想里的金阁依然在黑暗的金阁之上历历可见，它没有收敛光亮。水边的法水院勾栏回归谦虚，其庇檐根据天竺样建筑法而使用的插肘木所支撑的潮音洞勾栏，向着水池迷惘地挺出了胸脯。庇檐明丽地印在池面上，光影随着水的摇动而摇动。夕阳或夜月辉映下的金阁看上去像是在漂流，在翱翔。赋予金阁此种奇妙景象的正是来自池水的闪光。在晃漾的池水映照之下，坚固形态的束缚缓解了，这时的金阁看起来仿佛是用那永远飘摇不定的风、水和火焰般的材料构筑起来的。

---

① 为祭祀死者冥福，亲属多做善事，抄写经文奉纳各地寺院。

其美无俦。而且，我不知道我的剧烈的疲劳是从哪里来的。美在最后的时机里又发挥了力量，用数度袭击我的无力感企图将我束缚起来。我的手足委顿了，眼下即将步入行动的我，又再次远远离开了。

“我已经准备到仅离行为一步之差了。”我嘀咕着，“行为本身完全被梦幻化了，我也完全生活于梦中。既然如此，行为还有存在的必要吗？一切都是徒劳无益的吗？

“柏木所说也许是真的。他说，改变世界的是认识，不是行为。而且还有一种直到跟前仍在模仿行为的认识。我的认识就是属于这一类，而且使行为真正变得无效的，也是这种认识。这么说来，我的长久的周到的准备，就是专门为了这种抹消行为的最后的认识吗？

“再看看，如今的行为对我来说只不过是一种剩余物。它游离于人生，游离于我的意志，就像另外一座冰冷的铁制的机器，摆在我的面前等待发动。它的行为和我似乎完全无缘无故。我只到这里，再向前就不是我了。……我为何硬要使自己变得不是我了呢？”

我背倚在松树根上，潮湿冰冷的树干使我迷醉。我以为，这种感觉，这种冰冷就是我。世界照原有的形状停止下来，没有了欲望，我也满足了。

“这样疲惫是什么原因呢？”我想，“浑身发热，十分倦怠，手也不能自由活动了。我准是生病了。”

金阁依旧光芒闪耀，就像那位“弱法师①”俊德丸所见到的日想观②的景色。俊德丸于盲目的黑暗之中，观赏落日降临难波海上的景象。在他眼里，没有一丝阴云，淡路绘岛、须磨明石，直到纪之海，均在夕阳映照之下。……

我的身子麻痹了，泪水簌簌流了下来。我天亮之前守在这里，哪怕被人发现也好，我不作任何辩解。

---

① 能乐剧曲名，世阿弥作。俊德丸遭谣诼被逐，变成盲僧。其父左卫门尉通俊赴天王寺接受布施，巧遇其儿，带回家中。

② 向日没的西方观想日轮之法。乃观经所说十六观之第一“日想观万里无云……”(《弱法师》)

……我过去一直说从幼年起记忆力就很差，但应该说明，突然苏醒的记忆有时具有起死回生的力量。过去，不仅把我们拉回过去，过去记忆的方方面面，虽然为数很少，但有着强度很高的钢铁发条，现在的我们只要一接触，发条就会伸出，将我们弹向未来。

身子似乎麻痹了，心还在记忆中摸索。一段话出现了，又消失了。心事触到了，又隐没了。……这段话在呼唤我。也许为了鼓舞我，正在向我靠近吧。

“向里向外，逢者便杀。”

……开头一行就是这么说的。这是《临济录・示众》一章中著名的一节。话一直连接下去。

“逢佛杀佛，逢祖杀祖。逢罗汉，杀罗汉。逢父母，杀父母。逢亲眷，杀亲眷。始得解脱。不拘于物，透脱自在也。”

这段话将我从深陷的无力中弹出来，立时，浑身充溢着力量。然而，心的一部分却执拗地告诉我，即将要做的事皆为徒劳，不过我的力量不畏惧徒劳。正因为徒劳，我才要干。

我把旁边的坐垫和包袱皮儿团成卷儿夹在胳肢窝里，站起来望着金阁。闪光的、梦幻的金阁变得稀薄了。勾栏徐徐为黑暗所吞没，林立的木柱已经不很分明了。水光消失了，庇檐内里的反照退隐了。不一会儿，细部也全都隐没于暗夜，金阁只保持住一个黑魆魆的朦胧的轮廓。……

我奔跑起来，绕过金阁的北面，脚步熟练了，也不趺跤了。黑暗逐渐展开，指引我前进。

我从漱清之畔，沿着金阁西边的板壁，跃入敞开的双扇门里，将带来的坐垫和包袱皮儿扔在堆积的行李上头。

我心里很兴奋，湿漉漉的手微微颤抖。火柴也湿了，第一根没擦着。第二根刚着一半，断了。第三根我用手挡着风，在指缝里点着了。

我在寻找稻草，刚才自己将三捆稻草明明混杂在里头了，谁知竟忘了地方。找着找着，火柴着完了。我蹲在地上，这回将两根火柴放在一块儿擦着了。

火在稻草堆上描画出复杂的影子，浮现着明丽的枯野的颜色，密密地向四方蔓延。火苗隐藏在逐渐腾起的烟雾里。没想到远处的蚊帐鼓胀着绿色，火焰蹿上空中。我感到周围一下子热闹起来了。

此时，我的头脑非常清晰。火柴的数目很有限，这回我跑到另一个角落，小心翼翼擦着了一根，点燃了另一捆稻草。熊熊的火焰使我欣慰。从前我和朋友举行篝火晚会时，我的点火技术是很高明的。

法水院内部也晃动着硕大的火影。中央的弥陀、观音、势至三尊像映着红红的火光。义满像的眼睛也被照亮了。这尊木像的影子在背后恍惚摆动。

几乎感觉不出热度。看到火焰确实蔓向香资柜，我想，大功告成了。

我忘记了镇静药和短刀。突然产生一个念头，干脆裹在火里死在究竟顶上好了。于是从火里逃出，顺着逼仄的楼梯向上奔跑。通往潮音洞的门扉是开着的，这没有什么奇怪，是老向导忘记关二楼的门了。

浓烟迫向我背后，我一边咳嗽，一边观望着传说是惠心①绘制的观音像、飞天奏乐的天棚画。潮音洞飘荡的烟雾次第涨满了。我再登一层楼，想打开究竟顶的大门。

大门打不开，三楼严严实实地上了锁。

我开始敲门，响声很大，但自己的耳朵听不见。我拼命敲门，总以为会有人从究竟顶内部给我打开来的。

这时候，我之所以迷上究竟顶，因为那里确实是自己的葬身之地。但烟火逼近了，我像求救似的一个劲儿敲门。门里头只有三间面积四尺七寸的方形小房子，而且，我痛切地向往着那里，如今虽然已经剥落，但那座小房子应该是到处镶满金箔的。我很难说清楚，我是如何一面敲门，一面憧憬那座金光耀眼的小房子的。我想，只要到达这里就好了，只要到达这座金色的小房子，就满足了。……

我用尽力气敲门，光用手还嫌不够，干脆用身子撞，门还是打不开。

潮音洞烟雾迷蒙，脚边响起火焰的炸裂声。我被浓烟呛得几乎昏

---

① 源信的通称，居比睿山惠心院，名惠心僧都。

厥了,一边咳嗽,一边敲门。门就是打不开。

刹那间,我有了一个确实的感觉,我被拒绝入内,但我还是不死心。我反身跑下楼梯,来到烟雾翻卷的法水院,恐怕我是打火堆里钻出来的。好不容易从西门跑出门外。接着,我只顾拼命奔跑,自己也不知道该向哪里去。

……我跑着,很难想象我是如何一刻不停朝前飞奔的。我已经不记得经过了哪些地方。也许我是从拱北楼旁边出北便门,经过明王殿,跑步登上长满细竹和杜鹃花的山道,到达左大文字山顶上的。

我倒在红松树荫下面的细竹丛里,气喘吁吁,想镇静一下剧烈跳动的心扉。这里确实是左大文字山的顶峰,这座山从正北方守护着金阁。

惊起的鸟群鸣叫着,使我恢复了清醒的意识。一只鸟张开巨大的羽翼从我眼前飞了过去。

我仰面躺在地上,眼睛望着夜空。一群群野鸟鸣叫着掠过红松树梢,飞散的火粉浮游于头上的天空。

我欠起身子,远远俯视着山谷里的金阁。四围震荡着异样的声音,犹如燃放的爆竹,又像无数人的关节同时发出了响声。

从这里看不见金阁的外形,只能看见翻滚的烟雾和冲天的火光。林木之间飘扬着众多的火粉,金阁的上空像遍洒着金沙子。

我紧抱膝头,久久地眺望。

仔细一瞧,身体各处布满火泡和擦伤,血流不止。手指刚才敲门时也擦破了,渗出血来。我像一只逃遁的野兽舔舐着伤口。

摸索一下口袋,掏出小刀和手帕包裹的镇静药瓶,我把这些东西扔向谷底。

从另一个口袋摸到香烟,我抽了一支。就像一个人完成一件工作,该歇息一下了。我想,我还是要活下去。

（昭和三十一年）

“名著名译丛书”书目

（按著者生年排序）

第一辑

书　　名	著　　者	译　　者
荷马史诗·伊利亚特	[古希腊]荷马	罗念生 王焕生
荷马史诗·奥德赛	[古希腊]荷马	王焕生
伊索寓言	[古希腊]伊索	王焕生
一千零一夜		纳　训
源氏物语	[日]紫式部	丰子恺
十日谈	[意大利]薄伽丘	王永年
堂吉诃德	[西班牙]塞万提斯	杨　绛
培根随笔集	[英]培根	曹明伦
罗密欧与朱丽叶	[英]莎士比亚	朱生豪
鲁滨孙飘流记	[英]笛福	徐霞村
格列佛游记	[英]斯威夫特	张　健
浮士德	[德]歌德	绿　原
少年维特的烦恼	[德]歌德	杨武能
傲慢与偏见	[英]简·奥斯丁	张　玲 张　扬
红与黑	[法]司汤达	张冠尧
格林童话全集	[德]格林兄弟	魏以新
希腊神话和传说	[德]施瓦布	楚图南

高老头 欧也妮·葛朗台	[法]巴尔扎克	张冠尧
普希金诗选	[俄]普希金	高　莽 等
巴黎圣母院	[法]雨果	陈敬容
悲惨世界	[法]雨果	李　丹 方　于
基度山伯爵	[法]大仲马	蒋学模
三个火枪手	[法]大仲马	李玉民
安徒生童话故事集	[丹麦]安徒生	叶君健
爱伦·坡短篇小说集	[美]爱伦·坡	陈良廷 等
汤姆叔叔的小屋	[美]斯陀夫人	王家湘
大卫·科波菲尔	[英]查尔斯·狄更斯	庄绎传
双城记	[英]查尔斯·狄更斯	石永礼 赵文娟
雾都孤儿	[英]查尔斯·狄更斯	黄雨石
简·爱	[英]夏洛蒂·勃朗特	吴钧燮
瓦尔登湖	[美]亨利·戴维·梭罗	苏福忠
呼啸山庄	[英]爱米丽·勃朗特	张　玲 张　扬
猎人笔记	[俄]屠格涅夫	丰子恺
包法利夫人	[法]福楼拜	李健吾
昆虫记	[法]亨利·法布尔	陈筱卿
茶花女	[法]小仲马	王振孙
安娜·卡列宁娜	[俄]列夫·托尔斯泰	周　扬 谢素台
复活	[俄]列夫·托尔斯泰	汝　龙
战争与和平	[俄]列夫·托尔斯泰	刘辽逸
海底两万里	[法]儒勒·凡尔纳	赵克非
八十天环游地球	[法]儒勒·凡尔纳	赵克非
马克·吐温中短篇小说选	[美]马克·吐温	叶冬心
汤姆·索亚历险记	[美]马克·吐温	张友松
爱的教育	[意大利]埃·德·阿米琪斯	王干卿
莫泊桑短篇小说选	[法]莫泊桑	张英伦
契诃夫短篇小说选	[俄]契诃夫	汝　龙
泰戈尔诗选	[印度]泰戈尔	冰　心 等
欧·亨利短篇小说选	[美]欧·亨利	王永年

名人传	[法]罗曼·罗兰	张冠尧 艾 珉
童年 在人间 我的大学	[苏联]高尔基	刘辽逸 等
绿山墙的安妮	[加拿大]露西·蒙哥马利	马爱农
杰克·伦敦小说选	[美]杰克·伦敦	万 紫 等
卡夫卡中短篇小说全集	[奥地利]卡夫卡	叶廷芳 等
罗生门	[日]芥川龙之介	文洁若 等
了不起的盖茨比	[美]菲茨杰拉德	姚乃强
老人与海	[美]海明威	陈良廷 等
飘	[美]米切尔	戴 侃 等
小王子	[法]圣埃克苏佩里	马振骋
钢铁是怎样炼成的	[苏联]尼·奥斯特洛夫斯基	梅 益
静静的顿河	[苏联]肖洛霍夫	金 人

第 二 辑

威尼斯商人	[英]莎士比亚	朱生豪
忏悔录	[法]卢梭	范希衡 等
罪与罚	[俄]陀思妥耶夫斯基	朱海观 王 汶
哈克贝利·费恩历险记	[美]马克·吐温	张友松
漂亮朋友	[法]莫泊桑	张冠尧
斯·茨威格中短篇小说选	[奥地利]斯·茨威格	张玉书
海浪 达洛维太太	[英]弗吉尼亚·吴尔夫	吴钧燮 谷启楠
日瓦戈医生	[苏联]帕斯捷尔纳克	张秉衡
大师和玛格丽特	[苏联]布尔加科夫	钱 诚
太阳照常升起	[美]海明威	周 莉

第 三 辑

神曲	[意大利]但丁	田德望
吉尔·布拉斯	[法]勒萨日	杨 绛
都兰趣话	[法]巴尔扎克	施康强

叶甫盖尼·奥涅金	[俄]普希金	智　量
笑面人	[法]雨果	郑永慧
红字　七个尖角顶的宅第	[美]纳撒尼尔·霍桑	胡允桓
死魂灵	[俄]果戈理	满　涛　许庆道
南方与北方	[英]盖斯凯尔夫人	主　万
莱蒙托夫诗选　当代英雄	[俄]莱蒙托夫	余　振　等
前夜　父与子	[俄]屠格涅夫	丽　尼　巴　金
白鲸	[美]赫尔曼·梅尔维尔	成　时
米德尔马契	[英]乔治·爱略特	项星耀
小妇人	[美]路易莎·梅·奥尔科特	贾辉丰
娜娜	[法]左拉	郑永慧
一位女士的画像	[美]亨利·詹姆斯	项星耀
十字军骑士	[波兰]亨利克·显克维奇	林洪亮
樱桃园	[俄]契诃夫	汝　龙
约翰-克利斯朵夫	[法]罗曼·罗兰	傅　雷
我是猫	[日]夏目漱石	阎小妹
嘉莉妹妹	[美]德莱塞	潘庆舲
月亮与六便士	[英]威廉·萨默塞特·毛姆	谷启楠
人性的枷锁	[英]威廉·萨默塞特·毛姆	叶　尊
人类群星闪耀时	[奥地利]斯·茨威格	张玉书
尤利西斯	[爱尔兰]詹姆斯·乔伊斯	金　隄
好兵帅克历险记	[捷克]雅·哈谢克	星　灿
城堡	[奥地利]卡夫卡	高年生
喧哗与骚动	[美]威廉·福克纳	李文俊
老妇还乡	[瑞士]迪伦马特	叶廷芳　韩瑞祥
金阁寺	[日]三岛由纪夫	陈德文
万延元年的 Football	[日]大江健三郎	邱雅芬